# 你一定要會的基礎韓語40音 + MP3

## 꼭 배워야 하는

### 꼭 배워야 하는 한국어 기초 발음

## 韓文字是由基本母音、基本子音、複合母音、氣音和硬音所構成。

其組合方式有以下幾種：

1.子音加母音，例如：저(我)
2.子音加母音加子音，例如：밤（夜晚）
3.子音加複合母音，例如：위（上）
4.子音加複合母音加子音，例如：관（官）
5.一個子音加母音加兩個子音，如：값（價錢）

## 簡易拼音使用方式：

1. 為了讓讀者更容易學習發音，本書特別使用「簡易拼音」來取代一般的羅馬拼音。
   規則如下，
   例如：
   그러면 우리 집에서 저녁을 먹자.
   geu.reo.myeon/u.ri/ji.be.seo/jeo.nyeo.geul/meok.jja
   ----------普遍拼音
   geu.ro*.myo*n/u.ri/ji.be.so*/jo*.nyo*.geul/mo*k.jja
   ------------簡易拼音
   那麼，我們在家裡吃晚餐吧！

   文字之間的空格以「/」做區隔。
   不同的句子之間以「//」做區隔。

## 基本母音：

002

| | 韓國拼音 | 簡易拼音 | 注音符號 |
|---|---|---|---|
| ㅏ | a | a | ㄚ |
| ㅑ | ya | ya | 一ㄚ |
| ㅓ | eo | o* | ㄛ |
| ㅕ | yeo | yo* | 一ㄛ |
| ㅗ | o | o | ㄡ |
| ㅛ | yo | yo | 一ㄡ |
| ㅜ | u | u | ㄨ |
| ㅠ | yu | yu | 一ㄨ |
| ㅡ | eu | eu | (ㄜ) |
| ㅣ | i | i | 一 |

### 特別提示：

1. 韓語母音「ㅡ」的發音和「ㄜ」發音有差異，但嘴型要拉開，牙齒快要咬住的狀態，才發得準。
2. 韓語母音「ㅓ」的嘴型比「ㅗ」還要大，整個嘴巴要張開成「大O」的形狀，
「ㅗ」的嘴型則較小，整個嘴巴縮小到只有「小o」的嘴型，類似注音「ㄡ」。
3. 韓語母音「ㅕ」的嘴型比「ㅛ」還要大，整個嘴巴要張開成「大O」的形狀，
類似注音「一ㄛ」，「ㅛ」的嘴型則較小，整個嘴巴縮小到只有「小o」的嘴型，類似注音「一ㄡ」。

## 基本子音：

003

| | 韓國拼音 | 簡易拼音 | 注音符號 |
|---|---|---|---|
| ㄱ | g,k | k | ㄎ |
| ㄴ | n | n | ㄋ |
| ㄷ | d,t | d,t | ㄊ |
| ㄹ | r,l | l | ㄌ |
| ㅁ | m | m | ㄇ |
| ㅂ | b,p | p | ㄆ |
| ㅅ | s | s | ㄙ,(ㄒ) |
| ㅇ | ng | ng | 不發音 |
| ㅈ | j | j | ㄗ |
| ㅊ | ch | ch | ㄘ |

### 特別提示：

1. 韓語子音「ㅅ」有時讀作「ㄙ」的音，有時則讀作「ㄒ」的音。「ㄒ」音是跟母音「ㅣ」搭在一塊時，才會出現。
2. 韓語子音「ㅇ」放在前面或上面不發音；放在下面則讀作「ng」的音，像是用鼻音發「嗯」的音。
3. 韓語子音「ㅈ」的發音和注音「ㄗ」類似，但是發音的時候更輕，氣更弱一些。

## 氣音：

004

| | 韓國拼音 | 簡易拼音 | 注音符號 |
|---|---|---|---|
| ㅋ | k | k | ㄎ |
| ㅌ | t | t | ㄊ |
| ㅍ | p | p | ㄆ |
| ㅎ | h | h | ㄏ |

**特別提示:**

1. 韓語子音「ㅋ」比「ㄱ」的較重，有用到喉頭的音，音調類似國語的四聲。
   ㅋ＝ㄱ＋ㅎ
2. 韓語子音「ㅌ」比「ㄷ」的較重，有用到喉頭的音，音調類似國語的四聲。
   ㅌ＝ㄷ＋ㅎ
3. 韓語子音「ㅍ」比「ㅂ」的較重，有用到喉頭的音，音調類似國語的四聲。
   ㅍ＝ㅂ＋ㅎ

## 複合母音：

005

| | 韓國拼音 | 簡易拼音 | 注音符號 |
|---|---|---|---|
| ㅐ | ae | e* | ㄝ |
| ㅒ | yae | ye* | ㄧㄝ |
| ㅔ | e | e | ㄟ |
| ㅖ | ye | ye | ㄧㄟ |
| ㅘ | wa | wa | ㄨㄚ |
| ㅙ | wae | we* | ㄨㄝ |
| ㅚ | oe | we | ㄨㄟ |
| ㅞ | we | we | ㄨㄟ |
| ㅝ | wo | wo | ㄨㄛ |
| ㅟ | wi | wi | ㄨㄧ |
| ㅢ | ui | ui | ㄜㄧ |

### 特別提示：

1. 韓語母音「ㅐ」比「ㅔ」的嘴型大，舌頭的位置比較下面，發音類似「ae」；「ㅔ」的嘴型較小，舌頭的位置在中間，發音類似「e」。不過一般韓國人讀這兩個發音都很像。
2 .韓語母音「ㅒ」比「ㅖ」的嘴型大，舌頭的位置比較下面，發音類似「yae」；「ㅖ」的嘴型較小，舌頭的位置在中間，發音類似「ye」。不過很多韓國人讀這兩個發音都很像。
3. 韓語母音「ㅚ」和「ㅞ」比「ㅙ」的嘴型小些，「ㅙ」的嘴型是圓的；「ㅚ」、「ㅞ」則是一樣的發音。不過很多韓國人讀這三個發音都很像，都是發類似「we」的音。

# 硬音：

006

| | 韓國拼音 | 簡易拼音 | 注音符號 |
|---|---|---|---|
| ㄲ | kk | g | ㄍ |
| ㄸ | tt | d | ㄉ |
| ㅃ | pp | b | ㄅ |
| ㅆ | ss | ss | ㄙ |
| ㅉ | jj | jj | ㄗ |

特別提示：

1. 韓語子音「ㅆ」比「ㅅ」用喉嚨發重音，音調類似國語的四聲。
2. 韓語子音「ㅉ」比「ㅈ」用喉嚨發重音，音調類似國語的四聲。

*表示嘴型比較大

## 第一章　認識韓國字



## 第二章　認識母音



## 第三章　認識子音

## 第七章　收音



## 第八章　音變現象



## 第九章　TOPIK初級必備單字

# 你一定要會的
# 基礎韓語40音

꼭 배워야 하는

꼭 배워야 하는 한국어 기초 발음

꼭 배워야 하는

꼭 배워야 하는
한국어 기초 발음

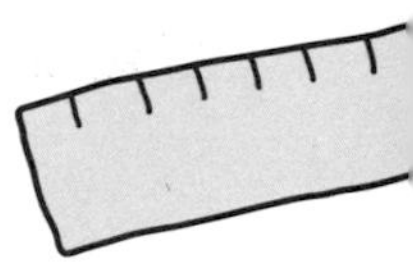

第一章

# 認識韓國字

# 認識韓國文字 

韓國文字是由子音和母音組合而成，一個韓文字可能會有2～4個音節，但每個韓文字只會出現一個母音，其他都是子音。韓文字的書寫方式為由左到右、由上到下。舉例如下：

## 一、子音＋母音（橫式文字）

先寫左邊的子音，再寫右邊的母音。

| 子音 | 母音 |
|---|---|

子音ㄱ＋母音ㅏ→가
子音ㅁ＋母音ㅓ→머
子音ㅇ＋母音ㅑ→야
子音ㄴ＋母音ㅕ→녀

## 二、子音＋母音（直式文字）

先寫上面的子音，再寫下面的母音。

| 子音 |
|---|
| 母音 |

子音ㄹ＋母音ㅗ→로
子音ㄷ＋母音ㅛ→됴
子音ㅈ＋母音ㅜ→주
子音ㅅ＋母音ㅠ→슈

## 三、子音＋母音＋子音（橫式文字）

先寫上方左邊的子音，再寫上方右邊的母音，接著寫下方的子音（尾音）。

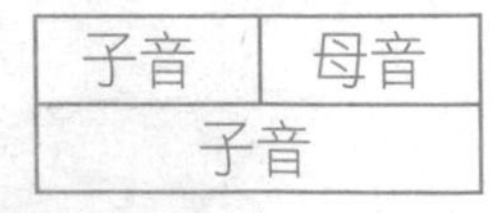

子音ㄴ＋母音ㅓ＋子音ㄹ→널
子音ㄱ＋母音ㅏ＋子音ㅇ→강
子音ㅇ＋母音ㅕ＋子音ㄴ→연
子音ㅅ＋母音ㅣ＋子音ㄱ→식

## 四、子音＋母音＋子音（直式文字）

先寫上方的子音，再寫中間的母音，接著寫下方的子音（尾音）。

| 子音 |
| --- |
| 母音 |
| 子音 |

子音ㄷ＋母音ㅗ＋子音ㄴ→돈
子音ㅈ＋母音ㅜ＋子音ㄱ→죽
子音ㄹ＋母音ㅗ＋子音ㄹ→롤
子音ㄱ＋母音ㅗ＋子音ㅁ→곰

## 五、子音＋母音＋子音＋子音（橫式文字）

先寫左上方的子音，再寫右上方的母音，接著寫左下方的子音，再寫右下方的子音。下方的兩個子音，合稱為「複合子音」。

| 子音 | 母音 |
| --- | --- |
| 子音 | 子音 |

子音ㄱ＋母音ㅏ＋子音ㅂ＋子音ㅅ→값
子音ㅂ＋母音ㅏ＋子音ㄹ＋子音ㅂ→밟
子音ㅇ＋母音ㅣ＋子音ㄹ＋子音ㄱ→읽
子音ㅈ＋母音ㅓ＋子音ㄹ＋子音ㅁ→젊

## 六、子音＋母音＋子音＋子音（直式文字）

先寫最上方的子音，再寫中間的母音，接著寫左下方的子音，再寫右下方的子音。下方的兩個子音，合稱為「複合子音」。

| 子音 | |
| --- | --- |
| 母音 | |
| 子音 | 子音 |

子音ㄴ＋母音ㅡ＋子音ㄹ＋子音ㄱ→늙
子音ㅂ＋母音ㅗ＋子音ㄱ＋子音ㄱ→볶
子音ㅇ＋母音ㅡ＋子音ㄹ＋子音ㅍ→읊
子音ㅎ＋母音ㅡ＋子音ㄹ＋子音ㄱ→흙

## 七、子音＋複合母音（橫式文字）

先寫左邊的子音，再寫右邊的複合母音。

| 子音 | 複母 |
| --- | --- |

子音ㄱ＋複合母音ㅐ→개
子音ㅂ＋複合母音ㅔ→베
子音ㅇ＋複合母音ㅖ→예
子音ㄴ＋複合母音ㅒ→냬

## 八、子音＋複合母音（直式文字）

先寫上面的子音，再寫下面的複合母音。

| 子音 |
| --- |
| 複母 |

子音ㅇ＋複合母音ㅙ→왜
子音ㄱ＋複合母音ㅟ→귀
子音ㄴ＋複合母音ㅢ→늬
子音ㄷ＋複合母音ㅚ→되

## 九、子音＋複合母音＋子音（橫式文字）

先寫左上方的子音，再寫右上方的複合母音，接著寫下方的子音（尾音）。

| 子音 | 複母 |
| --- | --- |
| 子音 | |

子音ㅇ＋複合母音ㅐ＋子音ㅇ→앵
子音ㄱ＋複合母音ㅐ＋子音ㄴ→갠
子音ㅈ＋複合母音ㅔ＋子音ㄱ→젝
子音ㅂ＋複合母音ㅐ＋子音ㅁ→뱀

## 十、子音＋複合母音＋子音（直式文字）

先寫最上方的子音，再寫中間的複合母音，接著寫下方的子音（尾音）。

| 子音 |
| --- |
| 複母 |
| 子音 |

子音ㄱ＋複合母音ㅝ＋子音ㄱ→궉
子音ㅎ＋複合母音ㅢ＋子音ㄴ→흰
子音ㅇ＋複合母音ㅝ＋子音ㄹ→월
子音ㅇ＋複合母音ㅘ＋子音ㅇ→왕

## 認識韓文字母的名稱

一、母音（10個）　　007

| 母音 | 名稱 | 母音 | 名稱 |
|---|---|---|---|
| ㅏ | 아 | ㅑ | 야 |
| ㅓ | 어 | ㅕ | 여 |
| ㅗ | 오 | ㅛ | 요 |
| ㅜ | 우 | ㅠ | 유 |
| ㅡ | 으 | ㅣ | 이 |

二、複合母音（11個）　　008

| 複合母音 | 名稱 | 複合母音 | 名稱 |
|---|---|---|---|
| ㅐ | 애 | ㅒ | 얘 |
| ㅔ | 에 | ㅖ | 예 |
| ㅘ | 와 | ㅙ | 왜 |
| ㅚ | 외 | ㅞ | 웨 |
| ㅝ | 워 | ㅟ | 위 |
| ㅢ | 의 | | |

## 三、子音（10個） 009

| 子音 | 名稱 | 子音 | 名稱 |
|---|---|---|---|
| ㄱ | 기역 | ㄴ | 니은 |
| ㄷ | 디귿 | ㄹ | 리을 |
| ㅁ | 미음 | ㅂ | 비읍 |
| ㅅ | 시옷 | ㅇ | 이응 |
| ㅈ | 지읒 | ㅎ | 히읗 |

## 四、氣音（4個） 010

| 氣音 | 名稱 | 氣音 | 名稱 |
|---|---|---|---|
| ㅊ | 치읓 | ㅋ | 키읔 |
| ㅌ | 티읕 | ㅍ | 피읖 |

## 五、硬音（5個） 011

| 硬音 | 名稱 | 複合子音 | 名稱 |
|---|---|---|---|
| ㄲ | 쌍기역 | ㄸ | 쌍디귿 |
| ㅃ | 쌍비읍 | ㅆ | 쌍시옷 |
| ㅉ | 쌍지읒 | | |

# 你一定要會的基礎韓語40音

꼭 배워야 하는

꼭 배워야 하는 한국어 기초 발음

꼭 배워야 하는

꼭 배워야 하는
한국어 기초 발음

第二章

# 認識母音

# 母音 ㅏ

## 發音要訣

| 羅馬拼音 a | 注音發音 ㄚ | 中文發音 阿 |
|---|---|---|
| 嘴巴自然張開，舌尖向下，嘴唇放鬆，發出類似「ㄚ」的音。 | | |

## 請念念看下列的單字

| 아이 | a.i | 小孩 |
|---|---|---|
| 가구 | ga.gu | 家具 |
| 나라 | na.ra | 國家 |
| 다리 | da.ri | 腿 |
| 라디오 | ra.di.o | 廣播／收音機 |
| 마리 | ma.ri | （一）頭／隻 |
| 바지 | ba.ji | 褲子 |
| 사자 | sa.ja | 獅子 |
| 자기 | ja.gi | 自己 |
| 아빠 | a.ba | 爸爸 |
| 차라리 | cha.ra.ri | 倒不如 |
| 하나 | ha.na | 一 |
| 카드 | ka.deu | 卡片 |
| 타다 | ta.da | 搭乘 |
| 파 | pa | 蔥 |
| 까마귀 | ga.ma.gwi | 烏鴉 |
| 따르다 | da.reu.da | 跟隨 |
| 빠르다 | ba.reu.da | 快／趕緊 |
| 싸구려 | ssa.gu.ryo* | 便宜貨 |
| 짜다 | jja.da | 鹹 |

## 請朗讀下列句子

013

| | |
|---|---|
| 韓文 | 이 아이가 참 귀엽습니다. |
| 實際念法 | 이 아이가 참 귀엽씀니다 |
| 簡易拼音 | i/a.i.ga/cham/gwi.yo*p.sseum.ni.da |
| 中譯 | 這個孩子真可愛。 |

| | |
|---|---|
| 韓文 | 당신은 어느 나라 사람입니까? |
| 實際念法 | 당시는 어느 나라 사라밈니까 |
| 簡易拼音 | dang.si.neun/o*.neu/na.ra/sa.ra.mim.ni.ga |
| 中譯 | 你是哪國人？ |

| | |
|---|---|
| 韓文 | 거기에 개 두 마리가 있습니다. |
| 實際念法 | 거기에 개 두 마리가 읻씀니다 |
| 簡易拼音 | go*.gi.e/ge*/du/ma.ri.ga/it.sseum.ni.da |
| 中譯 | 那裡有兩隻狗。 |

| | |
|---|---|
| 韓文 | 버스가 왔어요. 빨리 타세요. |
| 實際念法 | 버스가 와써요 빨리 타세요 |
| 簡易拼音 | bo*.seu.ga/wa.sso*.yo//bal.li/ta.se.yo |
| 中譯 | 公車來了，請快點搭車。 |

| | |
|---|---|
| 韓文 | 배가 고파요. 빵 하나 주세요. |
| 實際念法 | 배가 고파요 빵 하나 주세요 |
| 簡易拼音 | be*.ga/go.pa.yo//bang/ha.na/ju.se.yo |
| 中譯 | 肚子餓了，請給我一個麵包。 |

# 母音 ㅑ

014

## 發音要訣

| 羅馬拼音 ya | 注音發音 一Y | 中文發音 鴨 |
|---|---|---|
| 先發中文「一」的音，然後迅速接著發出「ㅏ」的音，類似「鴨」的音。 | | |

## 請念念看下列的單字

| | | |
|---|---|---|
| 야구 | ya.gu | 棒球 |
| 야외 | ya.we | 野外／露天 |
| 야자 | ya.ja | 椰子 |
| 시야 | si.ya | 視野 |
| 야채 | ya.che* | 蔬菜 |
| 야식 | ya.sik | 消夜 |
| 약 | yak | 藥 |
| 약속 | yak.ssok | 約束 |
| 향기 | hyang.gi | 香氣 |
| 하얀색 | ha.yan.se*k | 白色 |
| 수량 | su.ryang | 數量 |
| 샤워 | sya.wo | 淋浴 |
| 야간 | ya.gan | 夜間 |
| 고향 | go.hyang | 故鄉 |
| 약국 | yak.guk | 藥局 |
| 양 | yang | 羊 |
| 헤어샵 | he.o*.syap | 美髮店 |
| 방향 | bang.hyang | 方向 |
| 쟈스민차 | jya.seu.min.cha | 茉莉花茶 |
| 야생 | ya.se*ng | 野生 |

## 請朗讀下列句子

015

| | |
|---|---|
| 韓文 | 야구 경기가 있는데 같이 보러 갈까요? |
| 實際念法 | 야구 경기가 인는데 가치 보러 갈까요 |
| 簡易拼音 | ya.gu/gyo*ng.gi.ga/in.neun.de/ga.chi/bo.ro*/gal.ga.yo |
| 中譯 | 有棒球賽，要不要一起去看？ |

| | |
|---|---|
| 韓文 | 이번에는 약속을 꼭 지켜야 합니다. |
| 實際念法 | 이버네는 약쏘글 꼭 지켜야 함니다 |
| 簡易拼音 | i.bo*.ne.neun/yak.sso.geul/gok/ji.kyo*.ya/ham.ni.da |
| 中譯 | 這次一定要遵守約定。 |

| | |
|---|---|
| 韓文 | 준영 씨의 고향은 어디입니까? |
| 實際念法 | 준영 씨에 고향은 어디임니까 |
| 簡易拼音 | ju.nyo*ng/ssi.ui/go.hyang.eun/o*.di.im.ni.ga |
| 中譯 | 俊英的故鄉在哪裡呢？ |

| | |
|---|---|
| 韓文 | 감기약을 사야 되는데 약국은 어디에 있어요? |
| 實際念法 | 감기야글 사야 되는데 약꾸근 어디에 이써요 |
| 簡易拼音 | gam.gi.ya.geul/ssya.ya/dwe.neun.de/yak.gu.geun/o*.di.e/i.sso*.yo |
| 中譯 | 我要買感冒藥，請問藥局在哪裡？ |

| | |
|---|---|
| 韓文 | 지하철 역은 어느 방향이에요? |
| 實際念法 | 지하철 여근 어느 방향이에요 |
| 簡易拼音 | ji.ha.cho*l/yo*.geun/o*.neu/bang.hyang.i.e.yo |
| 中譯 | 地鐵站在哪個方向？ |

016

| 羅馬拼音 eo | 注音發音 ㄛ | 中文發音 喔 |
|---|---|---|
| 嘴巴自然張開，舌頭稍微抬起，比「ㅏ」的嘴形小一點，類似「喔」的音。 | | |

## 請念念看下列的單字

| 거리 | go*.ri | 街道 |
|---|---|---|
| 너무 | no*.mu | 太／很 |
| 더욱 | do*.uk | 更／更加 |
| 러시아 | ro*.si.a | 俄國 |
| 머리 | mo*.ri | 頭／頭髮 |
| 버스 | bo*.seu | 公車 |
| 서쪽 | so*.jjok | 西邊 |
| 어머니 | o*.mo*.ni | 媽媽 |
| 저기 | jo*.gi | 那裡 |
| 처가 | cho*.ga | 岳母家 |
| 허리 | ho*.ri | 腰 |
| 커닝 | ko*.ning | 考試作弊 |
| 터미널 | to*.mi.no*l | 車站終點站 |
| 퍼센트 | po*.sen.teu | 百分比 |
| 꺼내다 | go*.ne*.da | 拿出來／掏出 |
| 떠나다 | do*.na.da | 離開／出發 |
| 뻐꾸기 | bo*.gu.gi | 布穀鳥 |
| 썰매 | sso*l.me* | 雪橇 |
| 어버이날 | o*.bo*.i.nal | 父母節 |
| 엄마 | o*m.ma | 媽媽 |

## 請朗讀下列句子

017

| | |
|---|---|
| 韓文 | 머리 스타일을 바꾸고 싶어요. |
| 實際念法 | 머리 스타이를 바꾸고 시퍼요 |
| 簡易拼音 | mo*.ri/seu.ta.i.reul/ba.gu.go/si.po*.yo |
| 中譯 | 我想換髮型。 |

| | |
|---|---|
| 韓文 | 허리가 너무 아파서 일을 할 수 없습니다. |
| 實際念法 | 허리가 너무 아파서 이를 할 쑤 업씀니다 |
| 簡易拼音 | ho*.ri.ga/no*.mu/a.pa.so*/i.reul/hal/ssu/o*p.sseum.ni.da |
| 中譯 | 腰很痛沒辦法工作。 |

| | |
|---|---|
| 韓文 | 태양은 동쪽에서 떠서 서쪽으로 집니다. |
| 實際念法 | 태양은 동쪼게서 떠서 서쪼그로 짐니다 |
| 簡易拼音 | te*.yang.eun/dong.jjo.ge.so*/do*.so*/so*.jjo.geu.ro/jim.ni.da |
| 中譯 | 太陽從東邊升起西邊落下。 |

| | |
|---|---|
| 韓文 | 시험 볼 때 커닝하면 안 돼요. |
| 實際念法 | 시험 볼 때 커닝하면 안 돼요 |
| 簡易拼音 | si.ho*m/bol/de*/ko*.ning.ha.myo*n/an/dwe*.yo |
| 中譯 | 考試時不可以作弊。 |

| | |
|---|---|
| 韓文 | 엄마, 전화 왔어요. 얼른 받으세요. |
| 實際念法 | 엄마 전화 와써요 얼른 바드세요 |
| 簡易拼音 | o*m.ma//jo*n.hwa/wa.sso*.yo//o*l.leun/ba.deu.se.yo |
| 中譯 | 媽，電話響了，快點接。 |

# 母音ㅕ

018

## 發音要訣

| 羅馬拼音 yeo | 注音發音 一ㄛ | 中文發音 唷 |
|---|---|---|
| 先發中文「一」的音，然後迅速接著發出「ㅓ」的音，類似「唷」的音。 | | |

## 請念念看下列的單字

| | | |
|---|---|---|
| 여자 | yo*.ja | 女生 |
| 여우 | yo*.u | 狐狸 |
| 여가 | yo*.ga | 空閒／餘暇 |
| 여행 | yo*.he*ng | 旅行 |
| 여기 | yo*.gi | 這裡 |
| 여드름 | yo*.deu.reum | 青春痘 |
| 여러분 | yo*.ro*.bun | 各位／大家 |
| 여름 | yo*.reum | 夏天 |
| 여배우 | yo*.be*.u | 女演員 |
| 여보 | yo*.bo | 老公／老婆 |
| 여섯 | yo*.so*t | 六 |
| 겨우 | gyo*.u | 僅僅／只 |
| 녀석 | nyo*.so*k | 傢伙／兔崽子 |
| 며느리 | myo*.neu.ri | 媳婦 |
| 벼 | byo* | 稻子 |
| 셔츠 | syo*.cheu | 襯衫 |
| 혀 | hyo* | 舌頭 |
| 켜다 | kyo*.da | 打開（電氣用品） |
| 편지 | pyo*n.ji | 信 |
| 뼈 | byo* | 骨頭 |

## 請朗讀下列句子

019

| | |
|---|---|
| 韓文 | 제 취미는 여행입니다. |
| 實際念法 | 제 취미는 여행임니다 |
| 簡易拼音 | je/chwi.mi.neun/yo*.he*ng.im.ni.da |
| 中譯 | 我的興趣是旅行。 |

| | |
|---|---|
| 韓文 | 너무 덥습니다. 에어컨 좀 켜 주세요. |
| 實際念法 | 너무 덥씀니다 에어컨 좀 켜 주세요 |
| 簡易拼音 | no*.mu/do*p.sseum.ni.da//e.o*.ko*n/jom/kyo*/ju.se.yo |
| 中譯 | 太熱了。請你開冷氣。 |

| | |
|---|---|
| 韓文 | 여보, 나 오늘 시장에서 어머님을 만났어요. |
| 實際念法 | 여보 나 오늘 시장에서 어머니믈 만나써요 |
| 簡易拼音 | yo*.bo//na/o.neul/ssi.jang.e.so*/o*.mo*.ni.meul/man.na.sso*.yo |
| 中譯 | 老公，我今天在市場遇到媽媽了。 |

| | |
|---|---|
| 韓文 | 이 주인공이 연기를 아주 잘했어요. |
| 實際念法 | 이 주인공이 연기를 아주 자래써요 |
| 簡易拼音 | i/ju.in.gong.i/yo*n.gi.reul/a.ju/jal.he*.sso*.yo |
| 中譯 | 這個主角演得很好。 |

| | |
|---|---|
| 韓文 | 여름 방학에 뭐 할 거예요? |
| 實際念法 | 여름 방하게 뭐 할 꺼예요 |
| 簡易拼音 | yo*.reum/bang.ha.ge/mwo/hal/go*.ye.yo |
| 中譯 | 暑假你打算做什麼？ |

# 母音 ㅗ

020

## 發音要訣

| 羅馬拼音 o | 注音發音 ㄡ | 中文發音 毆 |
| --- | --- | --- |
| 嘴巴稍微打開，「ㅗ」的嘴型比「ㅓ」還小，嘴唇成圓形狀，舌頭自然抬起，類似「毆」的音。 | | |

## 請念念看下列的單字

| 오 | o | 五 |
| --- | --- | --- |
| 오늘 | o.neul | 今天 |
| 오다 | o.da | 來 |
| 오래 | o.re* | 好久／長久 |
| 오르다 | o.reu.da | 上升／上漲 |
| 오른쪽 | o.reun.jjok | 右邊 |
| 오리 | o.ri | 鴨子 |
| 오빠 | o.ba | 哥哥 |
| 오십 | o.sip | 五十 |
| 오후 | o.hu | 下午 |
| 고구마 | go.gu.ma | 番薯 |
| 노인 | no.in | 老人 |
| 도리 | do.ri | 道理 |
| 로마 | ro.ma | 羅馬 |
| 모자 | mo.ja | 帽子 |
| 보다 | bo.da | 看 |
| 소리 | so.ri | 聲音 |
| 초 | cho | 秒 |
| 호두 | ho.du | 核桃 |
| 토끼 | to.gi | 兔子 |

021

| | |
|---|---|
| 韓文 | 오늘은 학교에서 뭘 했어요? |
| 實際念法 | 오느른 학꾜에서 뭘 해써요 |
| 簡易拼音 | o.neu.reun/hak.gyo.e.so*/mwol/he*.sso*.yo |
| 中譯 | 今天你在學校做什麼？ |

| | |
|---|---|
| 韓文 | 이 모자가 예쁘네요. 한 번 써도 되죠? |
| 實際念法 | 이 모자가 예쁘네요 한 번 써도 되죠 |
| 簡易拼音 | i/mo.ja.ga/ye.beu.ne.yo//han/bo*n/sso*.do/dwe.jyo |
| 中譯 | 這帽子很漂亮耶！我可以試戴看看吧？ |

| | |
|---|---|
| 韓文 | 할아버지가 신문을 보십니다. |
| 實際念法 | 하라버지가 신무늘 보심니다 |
| 簡易拼音 | ha.ra.bo*.ji.ga/sin.mu.neul/bo.sim.ni.da |
| 中譯 | 爺爺在看報紙。 |

| | |
|---|---|
| 韓文 | 이미 삼분오십초가 지났습니다. |
| 實際念法 | 이미 삼부노십초가 지낟씀니다 |
| 簡易拼音 | i.mi/sam.bu.no.sip.cho.ga/ji.nat.sseum.ni.da |
| 中譯 | 已經過了三分五十秒了。 |

| | |
|---|---|
| 韓文 | 들려요? 이게 무슨 소리예요? |
| 實際念法 | 들려요 이게 무슨 소리예요 |
| 簡易拼音 | deul.lyo*.yo//i.ge/mu.seun/so.ri.ye.yo |
| 中譯 | 你聽見了嗎？這是什麼聲音？ |

# 母音 ㅛ

022

## 發音要訣

| 羅馬拼音 yo | 注音發音 一ㄡ | 中文發音 呦 |
|---|---|---|
| 先發中文「一」的音，然後迅速接著發出「ㅗ」的音，「ㅛ」的嘴型比「ㅕ」還小，類似「呦」的音。 | | |

## 請念念看下列的單字

| 요 | yo | 毯子／褥子 |
|---|---|---|
| 요가 | yo.ga | 瑜伽 |
| 요리 | yo.ri | 料理 |
| 요일 | yo.il | 星期 |
| 요즘 | yo.jeum | 最近 |
| 용서 | yong.so* | 寬恕 |
| 교과서 | gyo.gwa.so* | 教科書 |
| 교실 | gyo.sil | 教室 |
| 교사 | gyo.sa | 教師 |
| 교회 | gyo.hwe | 教會 |
| 교수 | gyo.su | 教授 |
| 묘 | myo | 墓 |
| 묘사 | myo.sa | 描寫 |
| 쇼윈도 | syo.win.do | 櫥窗 |
| 쇼핑 | syo.ping | 購物 |
| 효과 | hyo.gwa | 效果 |
| 효자 | hyo.ja | 孝子 |
| 표 | pyo | 票 |
| 표시 | pyo.si | 標示 |
| 표지 | pyo.ji | 封面 |

## 請朗讀下列句子

023

| | |
|---|---|
| 韓文 | 내일이 금요일입니다. |
| 實際念法 | 내이리 그묘이림니다 |
| 簡易拼音 | ne*.i.ri/geu.myo.i.rim.ni.da |
| 中譯 | 明天是星期五。 |

| | |
|---|---|
| 韓文 | 요즘 바빠요? 나랑 같이 밥 먹는 시간이 있어요? |
| 實際念法 | 요즘 바빠요 나랑 가치 밥 멍는 시가니 이써요 |
| 簡易拼音 | yo.jeum/ba.ba.yo//na.rang/ga.chi/bap/mo*ng.neun/si.ga.ni/i.sso*.yo |
| 中譯 | 你最近忙嗎？有時間和我一起吃飯嗎？ |

| | |
|---|---|
| 韓文 | 교실에 누가 있습니까? |
| 實際念法 | 교시레 누가 읻씀니까 |
| 簡易拼音 | gyo.si.re/nu.ga/it.sseum.ni.ga |
| 中譯 | 教室裡有誰呢？ |

| | |
|---|---|
| 韓文 | 김 교수님, 지금 수업 하러 가십니까? |
| 實際念法 | 김 교수님 지금 수업 하러 가심니까 |
| 簡易拼音 | gim/gyo.su.nim//ji.geum/su.o*p/ha.ro*/ga.sim.ni.ga |
| 中譯 | 金教授，您現在是要去上課嗎？ |

| | |
|---|---|
| 韓文 | 심심한데 같이 쇼핑 갈까요? |
| 實際念法 | 심시만데 가치 쇼핑 갈까요 |
| 簡易拼音 | sim.sim.han.de/ga.chi/syo.ping/gal.ga.yo |
| 中譯 | 好無聊，要不要一起去購物？ |

# 母音 ㅜ

| 羅馬拼音 u | 注音發音 ㄨ | 中文發音 烏 |
| --- | --- | --- |
| 「ㅜ」的嘴型比「ㅗ」更小，嘴唇向外嘟出，成小圓形狀，類似「烏」的音。 | | |

## 請念念看下列的單字

| | | |
| --- | --- | --- |
| 우동 | u.dong | 烏龍麵 |
| 우리 | u.ri | 我們 |
| 우물 | u.mul | 井 |
| 우산 | u.san | 雨傘 |
| 우승 | u.seung | 優勝 |
| 우유 | u.yu | 牛奶 |
| 우주 | u.ju | 宇宙 |
| 유표 | yu.pyo | 油票 |
| 구 | gu | 九 |
| 누구 | nu.gu | 誰 |
| 구두 | gu.du | 皮鞋 |
| 무 | mu | 蘿蔔 |
| 부자 | bu.ja | 有錢人 |
| 부장님 | bu.jang.nim | 部長 |
| 수건 | su.go*n | 毛巾 |
| 주다 | ju.da | 給予 |
| 주말 | ju.mal | 週末 |
| 추리 | chu.ri | 推裡 |
| 춤 | chum | 舞蹈 |
| 후배 | hu.be* | 後輩 |

## 請朗讀下列句子

025

| | |
|---|---|
| 韓文 | 저녁에 우동 두 그릇이나 먹었어요. |
| 實際念法 | 저녀게 우동 두 그르시나 머거써요 |
| 簡易拼音 | jo*.nyo*.ge/u.dong/du/geu.reu.si.na/mo*.go*.sso*.yo |
| 中譯 | 晚上吃了兩碗烏龍麵。 |

| | |
|---|---|
| 韓文 | 나 우산을 안 가져 왔는데 잠깐 빌려 주시겠어요? |
| 實際念法 | 나 우사늘 안 가져 완는데 잠깐 빌려 주시게써요 |
| 簡易拼音 | na/u.sa.neul/an/ga.jo*/wan.neun.de/jam.gan/bil.lyo*/ju.si.ge.sso*.yo |
| 中譯 | 我沒帶雨傘來，你可以借我一下嗎？ |

| | |
|---|---|
| 韓文 | 우주에서 제일 큰 별은 무엇입니까? |
| 實際念法 | 우주에서 제일 큰 벼른 무어심니까 |
| 簡易拼音 | u.ju.e.so*/je.il/keun/byo*.reun/mu.o*.sim.ni.ga |
| 中譯 | 宇宙中最大的星星是什麼？ |

| | |
|---|---|
| 韓文 | 당신은 도대체 누구세요? |
| 實際念法 | 당시는 도대체 누구세요 |
| 簡易拼音 | dang.si.neun/do.de*.che/nu.gu.se.yo |
| 中譯 | 你究竟是誰？ |

| | |
|---|---|
| 韓文 | 아빠, 살 거 있는데 용돈 좀 주세요. |
| 實際念法 | 아빠 살 꺼 인는데 용돈 좀 주세요 |
| 簡易拼音 | a.ba//sal/go*/in.neun.de/yong.don/jom/ju.se.yo |
| 中譯 | 爸，我有東西要買，請給我零用錢。 |

# 母音 ㅠ

## 發音要訣

| 羅馬拼音 yu | 注音發音 一ㄨ | 中文發音 × |
| --- | --- | --- |
| 先發中文「一」的音，然後迅速接著發出「ㄒ」的音，發出類似英文字母「U」的音。 | | |

## 請念念看下列的單字

| | | |
| --- | --- | --- |
| 유가 | yu.ga | 油價 |
| 유도 | yu.do | 柔道 |
| 유람선 | yu.ram.so*n | 遊艇／遊船 |
| 유아 | yu.a | 幼兒 |
| 유리 | yu.ri | 玻璃 |
| 유자 | yu.ja | 柚子 |
| 유럽 | yu.ro*p | 歐洲 |
| 유령 | yu.ryo*ng | 幽靈 |
| 유머 | yu.mo* | 幽默 |
| 유월 | yu.wol | 六月 |
| 유치원 | yu.chi.won | 幼稚園 |
| 유학 | yu.hak | 留學 |
| 유산 | yu.san | 遺產 |
| 규모 | gyu.mo | 規模 |
| 뉴스 | nyu.seu | 電視新聞 |
| 뮤지컬 | myu.ji.ko*l | 音樂劇 |
| 슈퍼마켓 | syu.po*.ma.ket | 超市 |
| 휴가 | hyu.ga | 休假 |
| 휴대폰 | hyu.de*.pon | 手機 |
| 휴지 | hyu.ji | 衛生紙 |

## 請朗讀下列句子

027

| | |
|---|---|
| 韓文 | 저는 유도를 배우고 싶습니다. |
| 實際念法 | 저는 유도를 배우고 십씀니다 |
| 簡易拼音 | jo*.neun/yu.do.reul/be*.u.go/sip.sseum.ni.da |
| 中譯 | 我想學柔道。 |

| | |
|---|---|
| 韓文 | 유아 교육이 매우 중요하다고 생각합니다. |
| 實際念法 | 유아 교유기 매우 중요하다고 생가캄니다 |
| 簡易拼音 | yu.a/gyo.yu.gi/me*.u/jung.yo.ha.da.go/se*ng.ga.kam.ni.da |
| 中譯 | 我認為幼兒教育很重要。 |

| | |
|---|---|
| 韓文 | 딸기하고 귤은 슈퍼마켓에서 산 거예요. |
| 實際念法 | 딸기하고 규른 슈퍼마케세서 산 거예요 |
| 簡易拼音 | dal.gi.ha.go/gyu.reun/syu.po*.ma.ke.se.so*/san/go*.ye.yo |
| 中譯 | 草莓和橘子是在超市買的。 |

| | |
|---|---|
| 韓文 | 졸업 후에 유학하러 미국에 갈 거예요. |
| 實際念法 | 조러 푸에 유하카러 미구게 갈 꺼예요 |
| 簡易拼音 | jo.ro*p/hu.e/yu.ha.ka.ro*/mi.gu.ge/gal/go*.ye.yo |
| 中譯 | 畢業後，我要去美國留學。 |

| | |
|---|---|
| 韓文 | 태풍에 유리창이 깨졌어요. |
| 實際念法 | 태풍에 유리창이 깨져써요 |
| 簡易拼音 | te*.pung.e/yu.ri.chang.i/ge*.jo*.sso*.yo |
| 中譯 | 因為颱風的關係，玻璃窗破掉了。 |

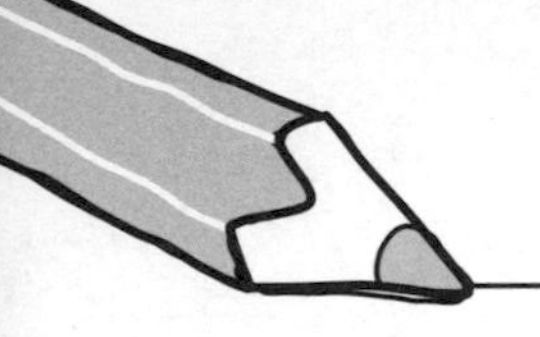

# 母音 ㅡ

## 發音要訣

| 羅馬拼音 eu | 注音發音 ㄜ | 中文發音 × |
|---|---|---|
| 嘴巴稍微張開，舌頭向上顎抬起，嘴唇向兩邊拉開，發出類似「ㄜ」的音。 | | |

## 請念念看下列的單字

| 은 | eun | 銀 |
|---|---|---|
| 은행 | eun.he*ng | 銀行 |
| 음료수 | eum.nyo.su | 飲料 |
| 음식 | eum.sik | 食物／飲食 |
| 음악 | eu.mak | 音樂 |
| 음주 | eum.ju | 飲酒 |
| 그 | geu | 他 |
| 그녀 | geu.nyo* | 她 |
| 느낌 | neu.gim | 感覺 |
| 드디어 | deu.di.o* | 終於 |
| 드라마 | deu.ra.ma | 連續劇 |
| 브랜드 | beu.re*n.deu | 品牌 |
| 스님 | seu.nim | 和尚／僧侶 |
| 즉시 | jeuk.ssi | 馬上／立即 |
| 층 | cheung | 樓／層 |
| 흐르다 | heu.reu.da | 流逝／流動 |
| 기쁘다 | gi.beu.da | 高興 |
| 아프다 | a.peu.da | 痛／不適 |
| 크리스마스 | keu.ri.seu.ma.seu | 聖誕節 |
| 뜨겁다 | deu.go*p.da | 熱／燙 |

## 請朗讀下列句子

029

| | |
|---|---|
| 韓文 | 은행에 사람들이 많습니다. |
| 實際念法 | 은행에 사람드리 만씀니다 |
| 簡易拼音 | eun.he*ng.e/sa.ram.deu.ri/man.sseum.ni.da |
| 中譯 | 銀行裡的人很多。 |

| | |
|---|---|
| 韓文 | 목이 말라요. 음료수 좀 사 오세요. |
| 實際念法 | 모기 말라요 음뇨수 좀 사 오세요 |
| 簡易拼音 | mo.gi/mal.la.yo//eum.nyo.su/jom/sa/o.se.yo |
| 中譯 | 口渴了，請去買飲料過來。 |

| | |
|---|---|
| 韓文 | 그녀가 오늘 몸이 아파서 안 왔어요. |
| 實際念法 | 그녀가 오늘 모미 아파서 안 와써요 |
| 簡易拼音 | geu.nyo*.ga/o.neul/mo.mi/a.pa.so*/an/wa.sso*.yo |
| 中譯 | 她今天身體不適，所以沒有來。 |

| | |
|---|---|
| 韓文 | 차가 뜨거우니까 천천히 드세요. |
| 實際念法 | 차가 뜨거우니까 천처니 드세요 |
| 簡易拼音 | cha.ga/deu.go*.u.ni.ga/cho*n.cho*n.hi/deu.se.yo |
| 中譯 | 茶很燙，請慢慢喝。 |

| | |
|---|---|
| 韓文 | 크리스마스 때 무슨 선물을 받았나요? |
| 實際念法 | 크리스마스 때 무슨 선무를 바단나요 |
| 簡易拼音 | keu.ri.seu.ma.seu/de*/mu.seun/so*n.mu.reul/ba.dan.na.yo |
| 中譯 | 聖誕節的時候，你收到什麼禮物？ |

# 母音 ㅣ

## 發音要訣

| 羅馬拼音 i | 注音發音 一 | 中文發音 衣 |
|---|---|---|
| 嘴巴稍微張開，嘴唇向左右拉開，發出類似中文「衣」的音。 | | |

## 請念念看下列的單字

| | | |
|---|---|---|
| 이따가 | i.da.ga | 等一下 |
| 이리 | i.ri | 這邊／這裡 |
| 기구 | gi.gu | 器具／用具 |
| 기회 | gi.hwe | 機會 |
| 디자인 | di.ja.in | 設計 |
| 디저트 | di.jo*.teu | 餐後甜點（dessert） |
| 미래 | mi.re* | 未來 |
| 미국 | mi.guk | 美國 |
| 미녀 | mi.nyo* | 美女 |
| 비 | bi | 雨 |
| 비누 | bi.nu | 肥皂 |
| 시장 | si.jang | 市場 |
| 시내 | si.ne* | 市區 |
| 지리 | ji.ri | 地理 |
| 지도 | ji.do | 地圖 |
| 치과 | chi.gwa | 牙科 |
| 키 | ki | 身長／個子 |
| 피 | pi | 血 |
| 티 | ti | 茶（Tea） |
| 씨 | ssi | 種子 |

## 請朗讀下列句子

| | |
|---|---|
| 韓文 | 이따가 다시 전화할게요. |
| 實際念法 | 이따가 다시 전화할께요 |
| 簡易拼音 | i.da.ga/da.si/jo*n.hwa.hal.ge.yo |
| 中譯 | 我等一下會再打電話給你。 |

| | |
|---|---|
| 韓文 | 울지 마세요. 다른 기회가 반드시 올 거예요. |
| 實際念法 | 울지 마세요 다른 기회가 반드시 올 거예요 |
| 簡易拼音 | ul.ji/ma.se.yo//da.reun/gi.hwe.ga/ban.deu.si/ol/go*.ye.yo |
| 中譯 | 請不要哭。一定會有其他機會的。 |

| | |
|---|---|
| 韓文 | 나는 미국에서 왔어요. 반갑습니다. |
| 實際念法 | 나는 미구게서 와써요 반갑씀니다 |
| 簡易拼音 | na.neun/mi.gu.ge.so*/wa.sso*.yo//ban.gap.sseum.ni.da |
| 中譯 | 我是從美國來的，很高興認識你。 |

| | |
|---|---|
| 韓文 | 코피가 났어요. 어떻게 하면 돼요? |
| 實際念法 | 코피가 나써요 어떠케 하면 돼요 |
| 簡易拼音 | ko.pi.ga/na.sso*.yo//o*.do*.ke/ha.myo*n/dwe*.yo |
| 中譯 | 流鼻血了。怎麼辦才好？ |

| | |
|---|---|
| 韓文 | 형은 키가 작지만 머리가 좋아요. |
| 實際念法 | 형은 키가 작찌만 머리가 조아요 |
| 簡易拼音 | hyo*ng.eun/ki.ga/jak.jji.man/mo*.ri.ga/jo.a.yo |
| 中譯 | 哥哥個子雖小，頭腦卻很好。 |

# 你一定要會的基礎韓語40音

꼭 배워야 하는

꼭 배워야 하는 한국어 기초 발음

꼭 배워야 하는

꼭 배워야 하는
한국어 기초 발음

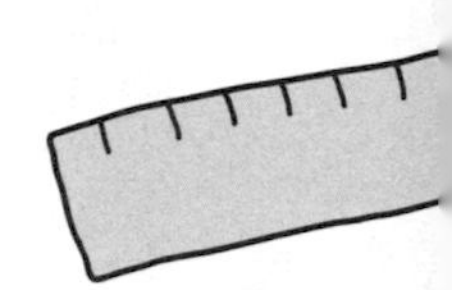

第三章

# 認識子音

# 子音 ㄱ

032

## 發音要訣

| 羅馬拼音 k, g | 注音發音 ㄎ／ㄍ |
| --- | --- |
| 當ㄱ出現在單字的頭音時，就發「ㄎ(k)」的音（例如：가구）；當ㄱ不是出現在單字頭音時，就發「ㄍ(g)」的音（例如：내가）。另外，當ㄱ為尾音時，發急促音「k」的音。 | |

## 請念念看下列的單字

| | | |
| --- | --- | --- |
| 가구 | ga.gu | 家具 |
| 가족 | ga.jok | 家族 |
| 가게 | ga.ge | 商店 |
| 거실 | go*.sil | 客廳 |
| 거의 | go*.ui | 幾乎 |
| 겨우 | gyo*.u | 好不容易 |
| 겨울 | gyo*.ul | 冬天 |
| 고사 | go.sa | 考試 |
| 고아 | go.a | 孤兒 |
| 교육 | gyo.yuk | 教育 |
| 교통 | gyo.tong | 交通 |
| 구름 | gu.reum | 雲 |
| 국가 | guk.ga | 國家 |
| 규정 | gyu.jo*ng | 規定 |
| 규칙 | gyu.chik | 規則 |
| 그네 | geu.ne | 鞦韆 |
| 그때 | geu.de* | 那時 |
| 기계 | gi.gye | 機器 |
| 기대 | gi.de* | 期待 |
| 개 | ge* | 狗 |

## 請朗讀下列句子

033

| | |
|---|---|
| 韓文 | 가족이 어떻게 되세요? |
| 實際念法 | 가조기 어떠케 되세요 |
| 簡易拼音 | ga.jo.gi/o*.do*.ke/dwe.se.yo |
| 中譯 | 你有幾個家人？ |

| | |
|---|---|
| 韓文 | 집 근처에 옷 가게가 많습니다. |
| 實際念法 | 집 근처에 옫 가게가 만씀니다 |
| 簡易拼音 | jip/geun.cho*.e/ot/ga.ge.ga/man.sseum.ni.da |
| 中譯 | 家裡附近有很多服飾店。 |

| | |
|---|---|
| 韓文 | 대만의 겨울은 눈이 오지 않아요. |
| 實際念法 | 대마네 겨우른 누니 오지 아나요 |
| 簡易拼音 | de*.ma.nui/gyo*.u.reun/nu.ni/o.ji/a.na.yo |
| 中譯 | 台灣的冬天不會下雪。 |

| | |
|---|---|
| 韓文 | 다음 주에 기말고사가 있어요. 공부해야 해요. |
| 實際念法 | 다음 주에 기말고사가 이써요 공부해야 해요 |
| 簡易拼音 | da.eum/ju.e/gi.mal.go.sa.ga/i.sso*.yo//gong.bu.he*.ya/he*.yo |
| 中譯 | 下週有期末考，必須要讀書。 |

| | |
|---|---|
| 韓文 | 교통이 편한 곳에서 살고 싶어요. |
| 實際念法 | 교통이 펴난 고세서 살고 시퍼요 |
| 簡易拼音 | gyo.tong.i/pyo*n.han/go.se.so*/sal.go/si.po*.yo |
| 中譯 | 我想住在交通方便的地方。 |

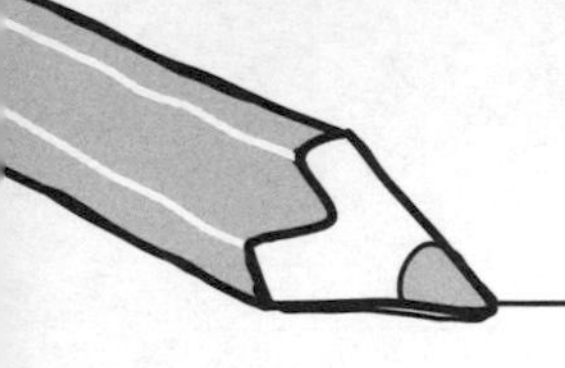

# 子音 ㄴ

034

## 發音要訣

| 羅馬拼音 n | 注音發音 ㄋ |
| --- | --- |
| 舌尖先抵住上齒齦，然後放開，同時震動聲帶，發出類似注音「ㄋ」的音。另外，若ㄴ為尾音時，則發鼻音「n」的音。 | |

## 請念念看下列的單字

| | | |
| --- | --- | --- |
| 나이 | na.i | 年紀 |
| 나무 | na.mu | 樹木 |
| 나비 | na.bi | 蝴蝶 |
| 나쁘다 | na.beu.da | 不好／差 |
| 너 | no* | 你 |
| 너희 | no*.hi | 你們 |
| 넣다 | no*.ta | 放入 |
| 일년 | il.lyo*n | 一年 |
| 노래 | no.re* | 歌曲 |
| 노크 | no.keu | 敲門 |
| 노을 | no.eul | 晚霞 |
| 누나 | nu.na | 姊姊 |
| 눈 | nun | 雪／眼睛 |
| 뉴욕 | nyu.yok | 紐約 |
| 뉴질랜드 | nyu.jil.le*n.deu | 紐西蘭 |
| 느리다 | neu.ri.da | 緩慢 |
| 늑대 | neuk.de* | 狼 |
| 내과 | ne*.gwa | 內科 |
| 네거리 | ne.go*.ri | 十字路口 |
| 아주머니 | a.ju.mo*.ni | 阿姨／大媽 |

# 請朗讀下列句子

035

| | |
|---|---|
| 韓文 | 나이 좀 물어도 됩니까? |
| 實際念法 | 나이 좀 무러도 됨니까 |
| 簡易拼音 | na.i/jom/mu.ro*.do/dwem.ni.ga |
| 中譯 | 我可以問你的年紀嗎？ |

| | |
|---|---|
| 韓文 | 벚꽃 나무 아래에서 김밥을 먹고 싶어요. |
| 實際念法 | 벋꼳 나무 아래에서 김바블 먹꼬 시퍼요 |
| 簡易拼音 | bo*t.got/na.mu/a.re*.e.so*/gim.ba.beul/mo*k.go/si.po*.yo |
| 中譯 | 我想在櫻花樹下吃紫菜飯捲。 |

| | |
|---|---|
| 韓文 | 남의 방에 들어가기 전에 노크하세요. |
| 實際念法 | 나메 방에 드러가기 저네 노크하세요 |
| 簡易拼音 | na.mui/bang.e/deu.ro*.ga.gi/jo*.ne/no.keu.ha.se.yo |
| 中譯 | 進入他人的房間以前，請先敲門。 |

| | |
|---|---|
| 韓文 | 누나, 왜 집에 안 들어와요? |
| 實際念法 | 누나 왜 지베 안 드러와요 |
| 簡易拼音 | nu.na//we*/ji.be/an/deu.ro*.wa.yo |
| 中譯 | 姊，你為什麼不進來家裡？ |

| | |
|---|---|
| 韓文 | 오늘은 눈이 왔으면 좋겠어요. |
| 實際念法 | 오느른 누니 와쓰면 조케써요 |
| 簡易拼音 | o.neu.reun/nu.ni/wa.sseu.myo*n/jo.ke.sso*.yo |
| 中譯 | 希望今天會下雪。 |

## 發音要訣

| **羅馬拼音** t, d | **注音發音** ㄊ／ㄉ |
|---|---|
| 當ㄷ出現在單字的頭音時，就發「ㄊ(t)」的音（例如：다리）；當ㄷ不是出現在單字的頭音時，就發「ㄉ(d)」的音（例如：바다）。另外，若ㄷ為尾音時，則發斷音「t」的音。 | |

## 請念念看下列的單字

| 다람쥐 | da.ram.jwi | 松鼠 |
|---|---|---|
| 다수 | da.su | 多數 |
| 단오 | da.no | 端午 |
| 달 | dal | 月亮 |
| 더위 | do*.wi | 暑熱 |
| 더럽다 | do*.ro*p.da | 髒 |
| 도시 | do-si | 都市 |
| 도미 | do.mi | 鯛魚 |
| 도자기 | do.ja.gi | 陶瓷 |
| 둘 | dul | 二 |
| 두뇌 | du.nwe | 頭腦 |
| 두부 | du.bu | 豆腐 |
| 두렵다 | du.ryo*p.da | 害怕 |
| 드라마 | deu.ra.ma | 連續劇 |
| 드라이 | deu.ra.i | 吹風機 |
| 드레스 | deu.re.seu | 禮服 |
| 디스크 | di.seu.keu | 唱片 |
| 디지털 | de*.mo*.ri | 數位 |
| 대머리 | de*.mo*.ri | 光頭 |
| 대학 | de*.hak | 大學 |

## 請朗讀下列句子

037

| | |
|---|---|
| 韓文 | 도시가 시골보다 더 복잡합니다. |
| 實際念法 | 도시가 시골보다 더 복짜팜니다 |
| 簡易拼音 | do.si.ga/si.gol.bo.da/do*/bok.jja.pam.ni.da |
| 中譯 | 都市比鄉村還複雜。 |

| | |
|---|---|
| 韓文 | 시간이 있을 때 보통 한국 드라마를 봐요. |
| 實際念法 | 시가니 이쓸 때 보통 한국 드라마를 봐요 |
| 簡易拼音 | si.ga.ni/i.sseul/de*/bo.tong/han.guk/deu.ra.ma.reul/bwa.yo |
| 中譯 | 有時間的時候，我通常會看韓劇。 |

| | |
|---|---|
| 韓文 | 오늘따라 달이 크고 아름답군요! |
| 實際念法 | 오늘따라 다리 크고 아름답꾸뇨 |
| 簡易拼音 | o.neul.da.ra/da.ri/keu.go/a.reum.dap.gu.nyo |
| 中譯 | 今天的月亮特別大又漂亮呢！ |

| | |
|---|---|
| 韓文 | 가족을 다시 볼 수 없을까봐 두렵습니다. |
| 實際念法 | 가조글 다시 볼 수 업쓸까봐 두렵씀니다 |
| 簡易拼音 | ga.jo.geul/da.si/bol/su/o*p.sseul.ga.bwa/du.ryo*p.sseum.ni.da |
| 中譯 | 我害怕無法再見到家人。 |

| | |
|---|---|
| 韓文 | 요즘 남자들에게 대머리가 유행입니다. |
| 實際念法 | 요즘 남자드레게 대머리가 유행임니다 |
| 簡易拼音 | yo.jeum/nam.ja.deu.re.ge/de*.mo*.ri.ga/yu.he*ng.im.ni.da |
| 中譯 | 最近男生很流行光頭。 |

038

| **羅馬拼音** r, l | **注音發音** ㄌ |
| --- | --- |
| 當ㄹ在母音前方時，發「r」的音；當ㄹ在子音前或置於字尾時，則發捲舌音「l」。 | |

## 請念念看下列的單字

| 라면 | ra.myo*n | 泡麵 |
| --- | --- | --- |
| 라멘 | ra.men | 拉麵 |
| 라이터 | ra.i.to* | 打火機 |
| 러시아인 | ro*.si.a.in | 俄國人 |
| 로봇 | ro.bot | 機器人 |
| 로고 | ro.go | 商標／標誌 |
| 로마자 | ro.ma.ja | 羅馬字 |
| 로비 | ro.bi | 大廳 |
| 로션 | ro.syo*n | 乳液 |
| 룸 | rum | 房間 |
| 룰 | rul | 規則 |
| 리듬 | ri.deum | 節奏 |
| 리본 | ri.bon | 緞帶 |
| 리더 | ri.do* | 領導者 |
| 리모컨 | ri.mo.ko*n | 遙控器 |
| 리스트 | ri.seu.teu | 清單／名單 |
| 리터 | ri.to* | 公升 |
| 머리카락 | mo*.ri.ka.rak | 頭髮 |
| 레몬 | re.mon | 檸檬 |
| 랩 | re*p | 保鮮膜 |

039

| | |
|---|---|
| 韓文 | 내가 바쁠 때 보통 라면을 끓여 먹어요. |
| 實際念法 | 내가 바쁠 때 보통 라며늘 끄려 머거요 |
| 簡易拼音 | ne*.ga/ba.beul/de*/bo.tong/ra.myo*.neul/geu.ryo*/mo*.go*.yo |
| 中譯 | 我忙碌的時候，通常會煮泡麵來吃。 |

| | |
|---|---|
| 韓文 | 한국 날씨가 건조하니까 로션을 꼭 발라요. |
| 實際念法 | 한국 날씨가 건조하니까 로셔늘 꼭 발라요 |
| 簡易拼音 | han.guk/nal.ssi.ga/go*n.jo.ha.ni.ga/ro.syo*.neul/gok/bal.la.yo |
| 中譯 | 韓國天氣很乾燥，你一定要擦乳液。 |

| | |
|---|---|
| 韓文 | 싱글룸 방 값이 얼마입니까? |
| 實際念法 | 싱글룸 방 갑씨 얼마입니까 |
| 簡易拼音 | sing.geul.lum/bang/gap.ssi/o*l.ma.im.ni.ga |
| 中譯 | 單人房的價格是多少？ |

| | |
|---|---|
| 韓文 | 날씨가 더워서 머리카락을 잘랐어요. |
| 實際念法 | 날씨가 더워서 머리카라글 잘라써요 |
| 簡易拼音 | nal.ssi.ga/do*.wo.so*/mo*.ri.ka.ra.geul/jjal.la.sso*.yo |
| 中譯 | 天氣熱，所以剪了頭髮。 |

| | |
|---|---|
| 韓文 | 레몬차를 한 잔 주세요. |
| 實際念法 | 레몬차를 한 잔 주세요 |
| 簡易拼音 | re.mon.cha.reul/han/jan/ju.se.yo |
| 中譯 | 請給我一杯檸檬茶。 |

# 子音 ㅁ

040

## 發音要訣

| 羅馬拼音 m | 注音發音 ㄇ |
|---|---|
| 嘴巴閉起來，讓氣流通過鼻腔，自然發出「m」的音。若ㅁ為尾音時，則發嘴巴閉起來的音。 | |

## 請念念看下列的單字

| 마개 | ma.ge* | 塞子／蓋子 |
|---|---|---|
| 마디 | ma.di | 句／節 |
| 마누라 | ma.nu.ra | 老婆 |
| 마늘 | ma.neul | 大蒜 |
| 마술 | ma.sul | 魔術 |
| 머리띠 | mo*.ri.di | 髮箍 |
| 머리말 | mo*.ri.mal | 前言 |
| 며칠 | myo*.chil | 幾天／幾日 |
| 면도기 | myo*n.do.gi | 刮鬍刀 |
| 면세점 | myo*n.se.jo*m | 免稅店 |
| 모교 | mo.gyo | 母校 |
| 모기 | mo.gi | 蚊子 |
| 모녀 | mo.nyo* | 母女 |
| 모델 | mo.del | 模特兒 |
| 무기 | mu.gi | 武器 |
| 무대 | mu.de* | 舞台 |
| 무료 | mu.ryo | 免費 |
| 뮤지션 | myu.ji.syo*n | 音樂家 |
| 미리 | mi.ri | 事先／預先 |
| 미소 | mi.so | 微笑 |

## 請朗讀下列句子

041

| | |
|---|---|
| 韓文 | 오늘이 몇 월 며칠이에요? |
| 實際念法 | 오느리 며 둴 며치리에요 |
| 簡易拼音 | o.neu.ri/myo*.chwol/myo*.chi.ri.e.yo |
| 中譯 | 今天是幾月幾號？ |

| | |
|---|---|
| 韓文 | 여름이 되면 모기가 점점 많아질 거예요. |
| 實際念法 | 여르미 되면 모기가 점점 마나질 거예요 |
| 簡易拼音 | yo*.reu.mi/dwe.myo*n/mo.gi.ga/jo*m.jo*m/ma.na.jil/go*.ye.yo |
| 中譯 | 到了夏天，蚊子會漸漸變多。 |

| | |
|---|---|
| 韓文 | 어머니의 생신 선물을 미리 준비하세요. |
| 實際念法 | 어머니에 생신 선무를 미리 준비하세요 |
| 簡易拼音 | o*.mo*.ni.ui/se*ng.sin/so*n.mu.reul/mi.ri/jun.bi.ha.se.yo |
| 中譯 | 請你事先準備媽媽的生日禮物。 |

| | |
|---|---|
| 韓文 | 민정 씨는 현재 대학생이고 모델입니다. |
| 實際念法 | 민정 씨는 현재 대학쌩이고 모데림니다 |
| 簡易拼音 | min.jo*ng/ssi.neun/hyo*n.je*/de*.hak.sse*ng.i.go/mo.de.rim.ni.da |
| 中譯 | 敏靜現在是大學生也是模特兒。 |

| | |
|---|---|
| 韓文 | 립스틱은 면세점에서 산 거에요? |
| 實際念法 | 립쓰티근 면세저메서 산 거에요 |
| 簡易拼音 | rip.sseu.ti.geun/myo*n.se.jo*.me.so*/san/go*.e.yo |
| 中譯 | 口紅是在免稅店買的嗎？ |

# 子音 ㅂ

042

## 發音要訣

| 羅馬拼音 p, b | 注音發音 ㄆ／ㄅ |
|---|---|
| 當ㅂ出現在單字的頭音時，就發「ㄆ(p)」的音（例如：바보）；當ㅂ不是出現在單字的頭音時，就發「ㄅ(b)」的音（例如：어부）。另外，當ㅂ為尾音時，則發嘴巴閉起來的促音「p」。 | |

## 請念念看下列的單字

| 바구니 | ba.gu.ni | 籃子 |
|---|---|---|
| 바다 | ba.da | 海 |
| 바로 | ba.ro | 馬上／立即 |
| 바보 | ba.bo | 笨蛋 |
| 버섯 | bo*.so*t | 香菇 |
| 버스 | bo*.seu | 公車 |
| 벽 | byo*k | 牆壁 |
| 보고 | bo.go | 報告 |
| 보리 | bo.ri | 大麥 |
| 보물 | bo.mul | 寶物 |
| 부장님 | bu.jang.nim | 部長 |
| 부부 | bu.bu | 夫婦／夫妻 |
| 부동산 | bu.dong.san | 不動產 |
| 부디 | bu.di | 務必／一定 |
| 부인 | bu.in | 夫人 |
| 브래지어 | beu.re*.ji.o* | 胸罩 |
| 브랜디 | beu.re*n.di | 白蘭地 |
| 비행기 | bi.he*ng.gi | 飛機 |
| 비빔밥 | bi.bim.bap | 拌飯 |
| 비서 | bi.so* | 秘書 |

## 請朗讀下列句子

043

| | |
|---|---|
| 韓文 | 수업이 끝나면 바로 집에 돌아올게요. |
| 實際念法 | 수어비 끈나면 바로 지베 도라올게요 |
| 簡易拼音 | su.o*.bi/geun.na.myo*n/ba.ro/ji.be/do.ra.ol.ge.yo |
| 中譯 | 下課後，我會馬上回家。 |

| | |
|---|---|
| 韓文 | 당신 바보예요? 왜 이런 짓을 해요? |
| 實際念法 | 당신 바보예요 왜 이런 지슬 해요 |
| 簡易拼音 | dang.sin/ba.bo.ye.yo//we*/i.ro*n/ji.seul/he*.yo |
| 中譯 | 你是笨蛋嗎？為什麼要做這種事？ |

| | |
|---|---|
| 韓文 | 우리가 산 속에서 보물을 발견했어요. |
| 實際念法 | 우리가 산 소게서 보무를 발견해써요 |
| 簡易拼音 | u.ri.ga/san/so.ge.so*/bo.mu.reul/bal.gyo*n.he*.sso*.yo |
| 中譯 | 我們在山裡發現了寶物。 |

| | |
|---|---|
| 韓文 | 비빔밥하고 된장찌개를 시켰어요. |
| 實際念法 | 비빔바파고 된장찌개를 시켜써요 |
| 簡易拼音 | bi.bim.ba.pa.go/dwen.jang.jji.ge*.reul/ssi.kyo*.sso*.yo |
| 中譯 | 我點了拌飯和味噌湯。 |

| | |
|---|---|
| 韓文 | 최 비서, 이제 퇴근해도 좋습니다. |
| 實際念法 | 최 비서 이제 퇴근해도 조씀니다 |
| 簡易拼音 | chwe/bi.so*//i.je/twe.geun.he*.do/jo.sseum.ni.da |
| 中譯 | 崔秘書，你現在可以下班了。 |

044

| 羅馬拼音 s | 注音發音 ㄙ |
|---|---|
| 當ㅅ在母音前方時，發「s」的音；當ㅅ置於字尾當作尾音時，發和「ㄷ」一樣的斷音。 | |

## 請念念看下列的單字

| | | |
|---|---|---|
| 사나이 | sa.na.i | 男子漢 |
| 사랑 | sa.rang | 愛 |
| 사무실 | sa.mu.sil | 辦公室 |
| 샴푸 | syam.pu | 洗髮精 |
| 서다 | so*.da | 站 |
| 서양 | so*.yang | 西洋 |
| 서예 | so*.ye | 書法 |
| 서점 | so*.jo*m | 書店 |
| 서적 | so*.jo*k | 書籍 |
| 셔터 | syo*.to* | （相機）快門 |
| 소개 | so.ge* | 介紹 |
| 소파 | so.pa | 沙發 |
| 소주 | so.ju | 燒酒 |
| 숄 | syol | 披肩／披巾 |
| 수도 | su.do | 首都 |
| 수박 | su.bak | 西瓜 |
| 수학 | su.hak | 數學 |
| 슈퍼맨 | syu.po*.me*n | 超人 |
| 시간 | si.gan | 時間 |
| 시계 | si.gye | 時鐘 |

## 請朗讀下列句子

045

| | |
|---|---|
| 韓文 | 사장님께서 사무실에 안 계십니다. |
| 實際念法 | 사장님께서 사무시레 안 계심니다 |
| 簡易拼音 | sa.jang.nim.ge.so*/sa.mu.si.re/an/gye.sim.ni.da |
| 中譯 | 社長不在辦公室。 |

| | |
|---|---|
| 韓文 | 여기에 서 있지 말고 나를 좀 도와 줘요. |
| 實際念法 | 여기에 서 읻찌 말고 나를 좀 도와 줘요 |
| 簡易拼音 | yo*.gi.e/so*/it.jji/mal.go/na.reul/jjom/do.wa/jwo.yo |
| 中譯 | 不要站在這裡，來幫幫我吧。 |

| | |
|---|---|
| 韓文 | 한국의 수도는 서울입니다. |
| 實際念法 | 한구게 수도는 서우림니다 |
| 簡易拼音 | han.gu.gui/su.do.neun/so*.u.rim.ni.da |
| 中譯 | 韓國的首都是首爾。 |

| | |
|---|---|
| 韓文 | 한국어를 배우고 싶은데 시간이 없었어요. |
| 實際念法 | 한구거를 배우고 시픈데 시가니 업써써요 |
| 簡易拼音 | han.gu.go*.reul/be*.u.go/si.peun.de/si.ga.ni/o*p.sso*.sso*.yo |
| 中譯 | 我想學韓國語，可是沒有時間。 |

| | |
|---|---|
| 韓文 | 동생이 슈퍼맨이 되고 싶어합니다. |
| 實際念法 | 동생이 슈퍼매니 되고 시퍼함니다 |
| 簡易拼音 | dong.se*ng.i/syu.po*.me*.ni/dwe.go/si.po*.ham.ni.da |
| 中譯 | 弟弟想當超人。 |

# 子音 ㅇ

046

## 發音要訣

| 羅馬拼音 不發音, ng | 注音發音 不發音, ㄥ |
| --- | --- |
| 當ㅇ放在母音前面或上面時不發音，只發後面的母音；當ㅇ為尾音時，發鼻喉音「ng」的音。 | |

## 請念念看下列的單字

| 아가씨 | a.ga.ssi | 小姐 |
| --- | --- | --- |
| 아니요 | a.ni.yo | 不是／不 |
| 아래 | a.re* | 下面 |
| 아시아 | a.si.a | 亞洲 |
| 야수 | ya.su | 野獸 |
| 야시장 | ya.si.jang | 夜市 |
| 어느 | o*.neu | 哪一（個） |
| 어디 | o*.di | 哪裡 |
| 어른 | o*.reun | 大人／成人 |
| 어부 | o*.bu | 漁夫 |
| 여성 | yo*.so*ng | 女性 |
| 여자 | yo*.ja | 女生 |
| 여유 | yo*.yu | 充裕／餘裕 |
| 오전 | o.jo*n | 上午 |
| 오르다 | o.reu.da | 上升／提高 |
| 오월 | o.wol | 五月 |
| 오이 | o.i | 小黃瓜 |
| 우체국 | u.che.guk | 郵局 |
| 유머 | yu.mo* | 幽默 |
| 이름 | i.reum | 名字 |

## 請朗讀下列句子

047

| | |
|---|---|
| 韓文 | 대만에서 제일 유명한 것은 야시장이에요. |
| 實際念法 | 대마네서 제일 유명한 거슨 야시장이에요 |
| 簡易拼音 | de*.ma.ne.so*/je.il/yu.myo*ng.han/go*.seun/ya.si.jang.i.e.yo |
| 中譯 | 台灣最有名的是夜市。 |

| | |
|---|---|
| 韓文 | 이것은 오이로 만든 김치입니다. |
| 實際念法 | 이거슨 오이로 만든 김치임니다 |
| 簡易拼音 | i.go*.seun/o.i.ro/man.deun/gim.chi.im.ni.da |
| 中譯 | 這是用小黃瓜做得泡菜。 |

| | |
|---|---|
| 韓文 | 언니가 엽서를 부치러 우체국에 갔어요. |
| 實際念法 | 언니가 엽써를 부치러 우체구게 가써요 |
| 簡易拼音 | o*n.ni.ga/yo*p.sso*.reul/bu.chi.ro*/u.che.gu.ge/ga.sso*.yo |
| 中譯 | 姊姊去郵局寄明信片了。 |

| | |
|---|---|
| 韓文 | 내일 오전 여덟 시에 나를 찾아 오세요. |
| 實際念法 | 내일 오전 여덜 시에 나를 차자 오세요 |
| 簡易拼音 | ne*.il/o.jo*n/yo*.do*l/si.e/na.reul/cha.ja/o.se.yo |
| 中譯 | 請你明天上午八點來找我。 |

| | |
|---|---|
| 韓文 | 이름이 무엇입니까? |
| 實際念法 | 이르미 무어심니까 |
| 簡易拼音 | i.reu.mi/mu.o*.sim.ni.ga |
| 中譯 | 你的名字是什麼？ |

# 子音 ㅈ

048

## 發音要訣

| 羅馬拼音 ch, j | 注音發音 ㄗ |
|---|---|
| 當ㅈ出現在單字的頭音時，就發「ㄘ和ㄗ(ch)」之間的音（例如：자기）；當ㅈ不是出現在單字的頭音時，就發「ㄗ(j)」的音（例如：기자）。另外，當ㅈ置於字尾當作尾音時，發和「ㄷ」一樣的斷音。 | |

## 請念念看下列的單字

| | | |
|---|---|---|
| 자기 | ja.gi | 自己 |
| 자료 | ja.ryo | 資料 |
| 자꾸 | ja.gu | 頻頻／經常 |
| 자리 | ja.ri | 位子／座位 |
| 저기 | jo*.gi | 那裡 |
| 저것 | jo*.go*t | 那個 |
| 조개 | jo.ge* | 貝／貝類 |
| 조건 | jo.go*n | 條件 |
| 조국 | jo.guk | 祖國 |
| 조금 | jo.geum | 一點 |
| 주름 | ju.reum | 皺紋 |
| 주머니 | ju.mo*.ni | 口袋 |
| 주부 | ju.bu | 主婦 |
| 주사 | ju.sa | 打針 |
| 지구 | ji.gu | 地球 |
| 지나다 | ji.na.da | 經過／過去 |
| 지다 | ji.da | 輸 |
| 지방 | ji.bang | 地方 |
| 지우개 | ji.u.ge* | 橡皮擦 |
| 지진 | ji.jin | 地震 |

## 請朗讀下列句子

049

| 韓文 | 오늘은 병원에서 주사를 맞았어요. |
| --- | --- |
| 實際念法 | 오느른 병워네서 주사를 마자써요 |
| 簡易拼音 | o.neu.reun/byo*ng.wo.ne.so*/ju.sa.reul/ma.ja.sso*.yo |
| 中譯 | 我今天在醫院打了針。 |

| 韓文 | 주머니 안에는 휴지밖에 없어요. |
| --- | --- |
| 實際念法 | 주머니 아네는 휴지바께 업써요 |
| 簡易拼音 | ju.mo*.ni/a.ne.neun/hyu.ji.ba.ge/o*p.sso*.yo |
| 中譯 | 口袋裡只有衛生紙。 |

| 韓文 | 이번 시합에서 우리 팀이 졌습니다. |
| --- | --- |
| 實際念法 | 이번 시하베서 우리 티미 절씀니다 |
| 簡易拼音 | i.bo*n/si.ha.be.so*/u.ri/ti.mi/jo*t.sseum.ni.da |
| 中譯 | 這次的比賽，我們隊輸了。 |

| 韓文 | 혹시 지우개 있으세요? 좀 빌려도 돼요? |
| --- | --- |
| 實際念法 | 혹씨 지우개 이쓰세요 좀 빌려도 돼요 |
| 簡易拼音 | hok.ssi/ji.u.ge*/i.sseu.se.yo//jom/bil.lyo*.do/dwe*.yo |
| 中譯 | 你有橡皮擦嗎？可以借一下嗎？ |

| 韓文 | 지진때문에 많은 집들이 무너졌어요. |
| --- | --- |
| 實際念法 | 지진때무네 마는 집뜨리 무너저써요 |
| 簡易拼音 | ji.jin.de*.mu.ne/ma.neun/jip.deu.ri/mu.no*.jo*.sso*.yo |
| 中譯 | 由於地震的關係，很多房子都倒塌了。 |

050

## 發音要訣

| 羅馬拼音 h | 注音發音 ㄏ |
|---|---|
| 發音時，氣流穿過軟顎後的聲門，摩擦發出類似「呵」的音。 | |

## 請念念看下列的單字

| | | |
|---|---|---|
| 하늘 | ha.neul | 天空 |
| 하다 | ha.da | 做（事） |
| 하루 | ha.ru | 一天 |
| 하마 | ha.ma | 河馬 |
| 하천 | ha.cho*n | 河川 |
| 향 | hyang | 香 |
| 향수 | hyang.su | 香水 |
| 허리띠 | ho*.ri.di | 腰帶 |
| 현대 | hyo*n.de* | 現代 |
| 호수 | ho.su | 湖水 |
| 호박 | ho.bak | 南瓜 |
| 호텔 | ho.tel | 飯店 |
| 혼례 | hol.lye | 婚禮 |
| 후기 | hu.gi | 後期 |
| 후보 | hu.bo | 後補 |
| 후추 | hu.chu | 胡椒 |
| 휴식 | hyu.sik | 休息 |
| 휴지통 | hyu.ji.tong | 垃圾桶 |
| 흐름 | heu.reum | 潮流／水流 |
| 히트곡 | hi.teu.gok | 熱門歌曲 |

## 請朗讀下列句子

051

| | |
|---|---|
| 韓文 | 저는 백화점에서 일을 합니다. |
| 實際念法 | 저는 배콰저메서 이를 함니다 |
| 簡易拼音 | jo*.neun/be*.kwa.jo*.me.so*/i.reul/ham.ni.da |
| 中譯 | 我在百貨公司工作。 |

| | |
|---|---|
| 韓文 | 향수 뿌렸어요? 이게 무슨 브랜드예요? |
| 實際念法 | 향수 뿌려써요 이게 무슨 브랜드예요 |
| 簡易拼音 | hyang.su/bu.ryo*.sso*.yo//i.ge/mu.seun/beu.re*n.deu.ye.yo |
| 中譯 | 你擦香水嗎？這是什麼品牌？ |

| | |
|---|---|
| 韓文 | 오늘 하루종일 집에서 뭐 했어요? |
| 實際念法 | 오늘 하루종일 지베서 뭐 해써요 |
| 簡易拼音 | o.neul/ha.ru.jong.il/ji.be.so*/mwo/he*.sso*.yo |
| 中譯 | 今天一整天你在家裡做什麼？ |

| | |
|---|---|
| 韓文 | 맛이 좀 싱겁네요. 후춧가루 있으세요? |
| 實際念法 | 마시 좀 싱검네요 후춘까루 이쓰세요 |
| 簡易拼音 | ma.si/jom/sing.go*m.ne.yo//hu.chut.ga.ru/i.sseu.se.yo |
| 中譯 | 味道有點淡呢！有胡椒粉嗎？ |

| | |
|---|---|
| 韓文 | 요즘 히트곡은 뭐가 있어요? |
| 實際念法 | 요즘 히트고근 뭐가 이써요 |
| 簡易拼音 | yo.jeum/hi.teu.go.geun/mwo.ga/i.sso*.yo |
| 中譯 | 最近的熱門歌曲有什麼？ |

| 子音 \ 母音 | ㅏ (a) | ㅑ (ya) | ㅓ (o*) | ㅕ (yo*) | ㅗ (o) |
|---|---|---|---|---|---|
| ㄱ (k) | 가 | 갸 | 거 | 겨 | 고 |
| ㄴ (n) | 나 | 냐 | 너 | 녀 | 노 |
| ㄷ (t) | 다 | 댜 | 더 | 뎌 | 도 |
| ㄹ (r) | 라 | 랴 | 러 | 려 | 로 |
| ㅁ (m) | 마 | 먀 | 머 | 며 | 모 |
| ㅂ (p) | 바 | 뱌 | 버 | 벼 | 보 |
| ㅅ (s) | 사 | 샤 | 서 | 셔 | 소 |
| ㅇ (X) | 아 | 야 | 어 | 여 | 오 |
| ㅈ (j) | 자 | 쟈 | 저 | 져 | 조 |
| ㅎ (h) | 하 | 햐 | 허 | 혀 | 호 |

053

| 子音 \ 母音 | ㅛ (yo) | ㅜ (u) | ㅠ (yu) | ㅡ (eu) | ㅣ (i) |
|---|---|---|---|---|---|
| ㄱ (k) | 교 | 구 | 규 | 그 | 기 |
| ㄴ (n) | 뇨 | 누 | 뉴 | 느 | 니 |
| ㄷ (t) | 됴 | 두 | 듀 | 드 | 디 |
| ㄹ (r) | 료 | 루 | 류 | 르 | 리 |
| ㅁ (m) | 묘 | 무 | 뮤 | 므 | 미 |
| ㅂ (p) | 뵤 | 부 | 뷰 | 브 | 비 |
| ㅅ (s) | 쇼 | 수 | 슈 | 스 | 시 |
| ㅇ (X) | 요 | 우 | 유 | 으 | 이 |
| ㅈ (j) | 죠 | 주 | 쥬 | 즈 | 지 |
| ㅎ (h) | 효 | 후 | 휴 | 흐 | 히 |

你一定要會的

基礎 꼭 배워야 하는

꼭 배워야 하는 한국어 기초 발음

韓語40音

꼭 배워야 하는

꼭 배워야 하는
한국어 기초 발음

第四章

# 認識氣音

엄마 아이 사자 카드 꼭 까마귀

# 氣音 ㅊ

054

## 發音要訣

| **羅馬拼音** ch, t | **注音發音** ㄘ |
|---|---|
| 當ㅊ在母音前方時，發「ch」的音，發音時需送氣。另外，當ㅊ置於字尾當作尾音時，發和「ㄷ」一樣的斷音。 | |

## 請念念看下列的單字

| | | |
|---|---|---|
| 차 | cha | 茶／車 |
| 홍차 | hong.cha | 紅茶 |
| 처리 | cho*.ri | 處理 |
| 처방 | cho*.bang | 處方 |
| 천 | cho*n | 千 |
| 초대 | cho.de* | 招待 |
| 초등학교 | cho.deung.hak.gyo | 小學 |
| 초록색 | cho.rok.sse*k | 草綠色 |
| 추억 | chu.o*k | 回憶 |
| 춥다 | chup.da | 冷 |
| 치료 | chi.ryo | 治療 |
| 치마 | chi.ma | 裙子 |
| 치수 | chi.su | 尺寸 |
| 치즈 | chi.jeu | 起司 |
| 고추 | go.chu | 辣椒 |
| 기차 | gi.cha | 火車 |
| 가치 | ga.chi | 價值 |
| 김치 | gim.chi | 泡菜 |
| 초콜릿 | cho.kol.lit | 巧克力 |
| 스포츠 | seu.po.cheu | 體育運動 |

## 請朗讀下列句子

| | |
|---|---|
| 韓文 | 이건 천 원이에요? 참 저렴하네요. |
| 實際念法 | 이건 천 워니에요 참 저렴하네요 |
| 簡易拼音 | i.go*n/cho*n/wo.ni.e.yo//cham/jo*.ryo*m.ha.ne.yo |
| 中譯 | 這個一千韓圜嗎？真便宜呢！ |

| | |
|---|---|
| 韓文 | 짧은 치마를 사고 싶은데 추천 좀 해 주세요. |
| 實際念法 | 짤븐 치마를 사고 시픈데 추천 좀 해 주세요 |
| 簡易拼音 | jjal.beun/chi.ma.reul/ssa.go/si.peun.de/chu.cho*n/jom/he*/ju.se.yo |
| 中譯 | 我想買短裙，請幫我介紹。 |

| | |
|---|---|
| 韓文 | 우리 기차를 타고 부산에 놀러 갑시다. |
| 實際念法 | 우리 기차를 타고 부사네 놀러 갑씨다 |
| 簡易拼音 | u.ri/gi.cha.reul/ta.go/bu.sa.ne/nol.lo*/gap.ssi.da |
| 中譯 | 我們搭火車去釜山玩吧。 |

| | |
|---|---|
| 韓文 | 올해 발렌타인데이 때 많은 초콜릿을 받았어요. |
| 實際念法 | 올해 발렌타인데이 때 마는 초콜리슬 바다써요 |
| 簡易拼音 | ol.he*/bal.len.ta.in.de.i/de*/ma.neun/cho.kol.li.seul/ba.da.sso*.yo |
| 中譯 | 今年情人節我收到很多巧克力。 |

| | |
|---|---|
| 韓文 | 요리에 고추를 넣지 마세요. 매운 걸 못 먹어요. |
| 實際念法 | 요리에 고추를 너치 마세요 매운 걸 몬 머거요 |
| 簡易拼音 | yo.ri.e/go.chu.reul/no*.chi/ma.se.yo//me*.un/go*l/mot/mo*.go*.yo |
| 中譯 | 請不要在菜裡加辣椒。我不敢吃辣。 |

# 氣音 ㅋ

056

## 發音要訣

| 羅馬拼音 k | 注音發音 ㄎ |
|---|---|
| 屬氣音，發音方法和「ㄱ」幾乎相同，但發音時會比「ㄱ」的音還用力，也會感覺到有氣出來。 | |

## 請念念看下列的單字

| | | |
|---|---|---|
| 카레 | ka.re | 咖哩 |
| 카운터 | ka.un.to* | 櫃台／結帳台 |
| 카지노 | ka.ji.no | 賭場 |
| 카페 | ka.pe | 咖啡館 |
| 칼국수 | kal.guk.ssu | 刀削麵 |
| 커플 | ko*.peul | 情侶 |
| 커피 | ko*.pi | 咖啡 |
| 컬러 | ko*l.lo* | 顏色 |
| 컴퓨터 | ko*m.pyu.to* | 電腦 |
| 컵 | ko*p | 杯子 |
| 켤레 | kyo*l.le | （一）雙 |
| 코 | ko | 鼻子 |
| 코코아 | ko.ko.a | 可可亞 |
| 콘서트 | kon.so*.teu | 演唱會 |
| 콜라 | kol.la | 可樂 |
| 쿠키 | ku.ki | 餅乾 |
| 쿠폰 | ku.pon | 折價券 |
| 크기 | keu.gi | 大小 |
| 크림 | keu.rim | 奶油 |
| 키스 | ki.seu | 接吻 |

## 請朗讀下列句子

057

| | |
|---|---|
| 韓文 | 서울 시내에 카지노가 있습니까? |
| 實際念法 | 서울 시내에 카지노가 읻씀니까 |
| 簡易拼音 | so*.ul/si.ne*.e/ka.ji.no.ga/it.sseum.ni.ga |
| 中譯 | 首爾市區內有賭場嗎？ |

| | |
|---|---|
| 韓文 | 너무 졸려서 커피를 다섯 잔이나 마셨어요. |
| 實際念法 | 너무 졸려서 커피를 다섣 자니나 마셔써요 |
| 簡易拼音 | no*.mu/jol.lyo*.so*/ko*.pi.reul/da.so*t/ja.ni.na/ma.syo*.sso*.yo |
| 中譯 | 因為太想打瞌睡，所以喝了五杯咖啡。 |

| | |
|---|---|
| 韓文 | 햄버거 두 개하고 콜라 큰 거 하나 주세요. |
| 實際念法 | 햄버거 두 개하고 콜라 큰 거 하나 주세요 |
| 簡易拼音 | he*m.bo*.go*/du/ge*.ha.go/kol.la/keun/go*/ha.na/ju.se.yo |
| 中譯 | 我拿到電影折價 兩張，明天一起去看電影吧！ |

| | |
|---|---|
| 韓文 | 영화 쿠폰 두 장을 받았어. 내일 영화를 보러 가자. |
| 實際念法 | 영화 쿠폰 두 장을 바다써 내일 영화를 보러 가자 |
| 簡易拼音 | yo*ng.hwa/ku.pon/du/jang.eul/ba.da.sso*//ne*.il/yo*ng.hwa.reul/bo.ro*/ga.ja |
| 中譯 | 我拿到電影折價券兩張，明天一起去看電影吧！ |

| | |
|---|---|
| 韓文 | 이건 제가 만든 쿠키예요. 한 번 드셔 보세요. |
| 實際念法 | 이건 제가 만든 쿠키예요 한 번 드셔 보세요 |
| 簡易拼音 | i.go*n/je.ga/man.deun/ku.ki.ye.yo//han/bo*n/deu.syo*/bo.se.yo |
| 中譯 | 這是我做的餅乾，請您嚐嚐看。 |

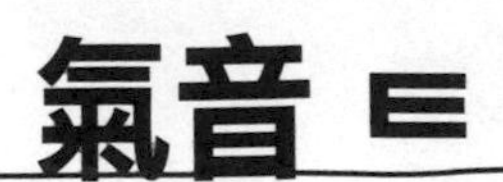

# 氣音 ㅌ

## 發音要訣

| 羅馬拼音 t | 注音發音 ㄊ |
|---|---|
| 屬氣音，發音方法和「ㄷ」幾乎相同，但發音時會比「ㄷ」的音還用力，也會感覺到有氣出來。 | |

## 請念念看下列的單字

| | | |
|---|---|---|
| 타다 | ta.da | 搭乘 |
| 타이어 | ta.i.o* | 輪胎 |
| 타인 | ta.in | 他人 |
| 타임 | ta.im | 時間 |
| 탁구 | tak.gu | 桌球 |
| 터미널 | to*.mi.no*l | 客運站 |
| 토끼 | to.gi | 兔子 |
| 토요일 | to.yo.il | 星期六 |
| 토하다 | to.ha.da | 嘔吐 |
| 투자 | tu.ja | 投資 |
| 투표 | tu.pyo | 投票 |
| 튤립 | tyul.lip | 鬱金香 |
| 트렁크 | teu.ro*ng.keu | 後車箱 |
| 특기 | teuk.gi | 技能／特長 |
| 티슈 | ti.syu | 紙巾 |
| 팀 | tim | 隊伍 |
| 팁 | tip | 小費 |
| 테이블 | te.i.beul | 桌子 |
| 태극기 | te*.geuk.gi | 太極旗 |
| 튀김 | twi.gim | 油炸食物 |

## 請朗讀下列句子

059

| | |
|---|---|
| 韓文 | 보통 뭘 타고 회사에 옵니까? |
| 實際念法 | 보통 뭘 타고 회사에 옴니까 |
| 簡易拼音 | bo.tong/mwol/ta.go/hwe.sa.e/om.ni.ga |
| 中譯 | 你通常搭什麼車來上班？ |

| | |
|---|---|
| 韓文 | 내일은 토요일이니까 회사에 안 나와도 돼요. |
| 實際念法 | 내이른 토요이리니까 회사에 안 나와도 돼요 |
| 簡易拼音 | ne*.i.reun/to.yo.i.ri.ni.ga/hwe.sa.e/an/na.wa.do/dwe*.yo |
| 中譯 | 明天是星期六，你可以不用來上班。 |

| | |
|---|---|
| 韓文 | 나 항상 술을 먹으면 토해요. |
| 實際念法 | 나 항상 수를 머그면 토해요 |
| 簡易拼音 | na/hang.sang/su.reul/mo*.geu.myo*n/to.he*.yo |
| 中譯 | 我經常喝了酒就吐。 |

| | |
|---|---|
| 韓文 | 짐을 트렁크 안에 넣어 주세요. |
| 實際念法 | 지믈 트렁크 아네 너어 주세요 |
| 簡易拼音 | ji.meul/teu.ro*ng.keu/a.ne/no*.o*/ju.se.yo |
| 中譯 | 請把行李放入後車廂。 |

| | |
|---|---|
| 韓文 | 저는 새우 튀김을 아주 좋아합니다. |
| 實際念法 | 저는 새우 튀기믈 아주 조아함니다 |
| 簡易拼音 | jo*.neun/se*.u/twi.gi.meul/a.ju/jo.a.ham.ni.da |
| 中譯 | 我很喜歡吃炸蝦。 |

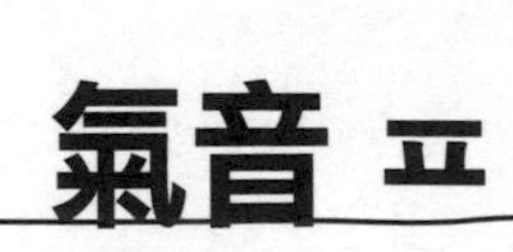


060

## 發音要訣

| 羅馬拼音 p | 注音發音 ㄆ |
|---|---|
| 屬氣音，發音方法和「ㅂ」幾乎相同，但發音時會比「ㅂ」的音還用力，也會感覺到有氣出來。 | |

## 請念念看下列的單字

| | | |
|---|---|---|
| 파리 | pa.ri | 蒼蠅 |
| 파이 | pa.i | 派 |
| 파일 | pa.il | 檔案／文件 |
| 파티 | pa.ti | 派對(Party) |
| 퍼머 | po*.mo* | 燙髮 |
| 펜 | pen | 筆 |
| 편지 | pyo*n.ji | 信 |
| 편의점 | pyo*.nui.jo*m | 便利商店 |
| 폐 | pye | 肺 |
| 포도 | po.do | 葡萄 |
| 포장 | po.jang | 包裝 |
| 포인트 | po.in.teu | 要點／重點 |
| 표준 | pyo.jun | 標準 |
| 표현 | pyo.hyo*n | 表現 |
| 푸른색 | pu.reun.se*k | 藍色 |
| 프라이팬 | peu.ra.i.pe*n | 平底鍋 |
| 프랑스 | peu.rang.seu | 法國 |
| 프로그램 | peu.ro.geu.re*m | 節目 |
| 피부 | pi.bu | 皮膚 |
| 핑크색 | ping.keu.se*k | 粉紅色 |

## 請朗讀下列句子

061

| | |
|---|---|
| 韓文 | 편의점에서 빵과 주스를 샀어요. |
| 實際念法 | 펴니저메서 빵과 주스를 사써요 |
| 簡易拼音 | pyo*.nui.jo*.me.so*/bang.gwa/ju.seu.reul/ssa.sso*.yo |
| 中譯 | 我在便利商店買了麵包和果汁。 |

| | |
|---|---|
| 韓文 | 내일 우리 집에 생일 파티가 있는데 올래요? |
| 實際念法 | 내일 우리 지베 생일 파티가 인는데 올래요 |
| 簡易拼音 | ne*.il/u.ri/ji.be/se*ng.il/pa.ti.ga/in.neun.de/ol.le*.yo |
| 中譯 | 明天我們家有生日派對，你要不要來？ |

| | |
|---|---|
| 韓文 | 따로 따로 포장해 주십시오. |
| 實際念法 | 따로 따로 포장해 주십씨오 |
| 簡易拼音 | da.ro/da.ro/po.jang.he*/ju.sip.ssi.o |
| 中譯 | 請幫我分開包裝。 |

| | |
|---|---|
| 韓文 | 노화가 시작될 즈음에 피부 관리는 어떻게 하나요? |
| 實際念法 | 노화가 시작뙬 즈으메 피부 괄리는 어떠케 하나요 |
| 簡易拼音 | no.hwa.ga/si.jak.dwel/jeu.eu.me/pi.bu/gwal.li.neun/o*.do*.ke/ha.na.yo |
| 中譯 | 在開始老化的時期，該怎麼保養呢？ |

| | |
|---|---|
| 韓文 | 핑크색은 내가 가장 좋아하는 색이에요. |
| 實際念法 | 핑크새근 내가 가장 조아하는 새기에요 |
| 簡易拼音 | ping.keu.se*.geun/ne*.ga/ga.jang/jo.a.ha.neun/se*.gi.e.yo |
| 中譯 | 粉紅色是我最喜歡的顏色。 |

## 發音練習——氣音、硬音

062

| 子音 \ 母音 | ㅏ (a) | ㅑ (ya) | ㅓ (o*) | ㅕ (yo*) | ㅗ (o) |
|---|---|---|---|---|---|
| ㅊ (ch') | 차 | 챠 | 처 | 쳐 | 초 |
| ㅋ (k') | 카 | 캬 | 커 | 켜 | 코 |
| ㅌ (t') | 타 | 탸 | 터 | 텨 | 토 |
| ㅍ (p') | 파 | 퍄 | 퍼 | 펴 | 포 |
| ㄲ (g') | 까 | 꺄 | 꺼 | 껴 | 꼬 |
| ㄸ (d') | 따 | 땨 | 떠 | 뗘 | 또 |
| ㅃ (b') | 빠 | 뺘 | 뻐 | 뼈 | 뽀 |
| ㅆ (ss') | 싸 | 쌰 | 써 | 쎠 | 쏘 |
| ㅉ (jj') | 짜 | 쨔 | 쩌 | 쪄 | 쪼 |

063

| 子音＼母音 | ㅛ (yo) | ㅜ (u) | ㅠ (yu) | ㅡ (eu) | ㅣ (i) |
|---|---|---|---|---|---|
| ㅊ (ch') | 쵸 | 추 | 츄 | 츠 | 치 |
| ㅋ (k') | 쿄 | 쿠 | 큐 | 크 | 키 |
| ㅌ (t') | 툐 | 투 | 튜 | 트 | 티 |
| ㅍ (p') | 표 | 푸 | 퓨 | 프 | 피 |
| ㄲ (g') | 꾜 | 꾸 | 뀨 | 끄 | 끼 |
| ㄸ (d') | 뚀 | 뚜 | 뜌 | 뜨 | 띠 |
| ㅃ (b') | 뾰 | 뿌 | 쀼 | 쁘 | 삐 |
| ㅆ (ss') | 쑈 | 쑤 | 쓔 | 쓰 | 씨 |
| ㅉ (jj') | 쬬 | 쭈 | 쮸 | 쯔 | 찌 |

# 你一定要會的基礎韓語40音

꼭 배워야 하는

꼭 배워야 하는 한국어 기초 발음

꼭 배워야 하는

꼭 배워야 하는
한국어 기초 발음

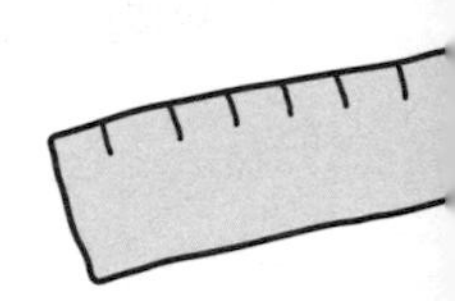

第五章

# 認識硬音

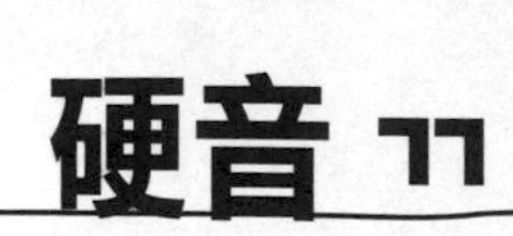

# 硬音 ㄲ

064

## 發音要訣

| 羅馬拼音 kk | 注音發音 ㄍ |
| --- | --- |
| 屬硬音，發音的部位和「ㄱ(g)」相同，但發音時要用喉嚨發重音。 | |

## 請念念看下列的單字

| 까마귀 | ga.ma.gwi | 烏鴉 |
| --- | --- | --- |
| 까맣다 | ga.ma.ta | 黑 |
| 껌 | go*m | 口香糖 |
| 꺼지다 | go*.ji.da | 熄滅／消失 |
| 껍질 | go*p.jjil | 外皮 |
| 꼬꼬 | go.go | 咕咕（雞叫聲） |
| 꼬리 | go.ri | 尾巴 |
| 꼬마 | go.ma | 小鬼頭 |
| 꼭 | gok | 一定 |
| 꽃 | got | 花 |
| 꿈 | gum | 夢 |
| 끄다 | geu.da | 熄滅／關掉 |
| 끈 | geun | 繩子 |
| 끝 | geut | 結束／結尾 |
| 끼다 | gi.da | 夾／戴 |
| 코끼리 | ko.gi.ri | 大象 |
| 까치 | ga.chi | 喜鵲 |
| 깨 | ge* | 芝麻 |
| 아까 | a.ga | 剛才 |
| 바꾸다 | ba.gu.da | 更換 |

🎧 065

| | |
|---|---|
| 韓文 | 내일 회의는 매우 중요하니까 꼭 오셔야 합니다. |
| 實際念法 | 내일 회이는 매우 중요하니까 꼭 오셔야 함니다 |
| 簡易拼音 | ne*.il/hwe.ui.neun/me*.u/jung.yo.ha.ni.ga/gok/o.syo*.ya/ham.ni.da |
| 中譯 | 明天的會議很重要，您一定要來。 |

| | |
|---|---|
| 韓文 | 지하철에서 껌을 씹으면 안 됩니다. |
| 實際念法 | 지하처레서 꺼믈 씨브면 안 됨니다 |
| 簡易拼音 | ji.ha.cho*.re.so*/go*.meul/ssi.beu.myo*n/an/dwem.ni.da |
| 中譯 | 不可以在地鐵嚼食口香糖。 |

| | |
|---|---|
| 韓文 | 어제 나쁜 꿈을 꾸었어요. |
| 實際念法 | 어제 나쁜 꾸믈 꾸어써요 |
| 簡易拼音 | o*.je/na.beun/gu.meul/gu.o*.sso*.yo |
| 中譯 | 昨天夢見了不好的夢。 |

| | |
|---|---|
| 韓文 | 아까 말한 건 남에게 말하지 말아요. |
| 實際念法 | 아까 마란 건 나메게 마라지 마라요 |
| 簡易拼音 | a.ga/mal.han/go*n/na.me.ge/mal.ha.ji/ma.ra.yo |
| 中譯 | 剛才說的事情不要和別人說。 |

| | |
|---|---|
| 韓文 | 달러를 한국돈으로 바꿔 주세요. |
| 實際念法 | 달러를 한국또느로 바꿔 주세요 |
| 簡易拼音 | dal.lo*.reul/han.guk.do.neu.ro/ba.gwo/ju.se.yo |
| 中譯 | 請幫我把美金換成韓幣。 |

066

## 發音要訣

| 羅馬拼音 tt | 注音發音 ㄉ |
| --- | --- |
| 屬硬音，發音的部位和「ㄷ(d)」相同，但發音時要用喉嚨發重音。 | |

## 請念念看下列的單字

| 따다 | da.da | 摘採 |
| --- | --- | --- |
| 따라서 | da.ra.so* | 因此／所以 |
| 따로 | da.ro | 另外 |
| 딸기 | dal.gi | 草莓 |
| 땀 | dam | 汗 |
| 떠나다 | do*.na.da | 離開 |
| 떡국 | do*k.guk | 年糕湯 |
| 또 | do | 又／再 |
| 또래 | do.re* | 同輩 |
| 똥 | dong | 大便 |
| 뚜껑 | du.go*ng | 蓋子 |
| 뜨다 | deu.da | 浮起／升起 |
| 뜯다 | deut.da | 拆／剝 |
| 띠 | di | 生肖 |
| 용띠 | yong.di | 屬龍 |
| 오뚜기 | o.du.gi | 不倒翁 |

## 請朗讀下列句子

067

| 韓文 | 언제 여기를 떠날 거예요? |
|---|---|
| 實際念法 | 언제 여기를 떠날 거예요 |
| 簡易拼音 | o*n.je/yo*.gi.reul/do*.nal/go*.ye.yo |
| 中譯 | 你何時要離開這裡？ |

| 韓文 | 도와 줘요. 이 뚜껑을 열 수가 없어요. |
|---|---|
| 實際念法 | 도와 줘요 이 뚜껑을 열 수가 업써요 |
| 簡易拼音 | do.wa/jwo.yo//i/du.go*ng.eul/yo*l/su.ga/o*p.sso*.yo |
| 中譯 | 幫幫我。這個蓋子打不開。 |

| 韓文 | 아침에 길에서 개똥을 밟았어요. |
|---|---|
| 實際念法 | 아치메 기레서 개똥을 발바써요 |
| 簡易拼音 | a.chi.me/gi.re.so*/ge*.dong.eul/bal.ba.sso*.yo |
| 中譯 | 早上我在路上踩到了狗大便。 |

| 韓文 | 갑자기 떡국이 먹고 싶습니다. 만드는 방법 좀 알려 주세요. |
|---|---|
| 實際念法 | 갑짜기 떡꾸기 먹꼬 십씀니다 만드는 방법 좀 알려 주세요 |
| 簡易拼音 | gap.jja.gi/do*k.gu.gi/mo*k.go/sip.sseum.ni.da//man.deu.neun/bang.bo*p/jom/al.lyo*/ju.se.yo |
| 中譯 | 突然想吃年糕湯，請告訴我料理法。 |

| 韓文 | 땀이 많이 나서 샤워를 해야겠어요. |
|---|---|
| 實際念法 | 따미 마니 나서 샤워를 해야게써요 |
| 簡易拼音 | da.mi/ma.ni/na.so*/sya.wo.reul/he*.ya.ge.sso*.yo |
| 中譯 | 流了很多汗，必須沖個澡。 |

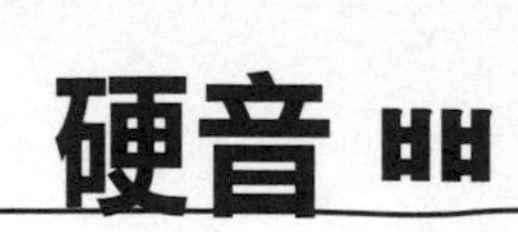

# 硬音 ㅃ

068

## 發音要訣

| 羅馬拼音 pp | 注音發音 ㄅ |
|---|---|
| 屬硬音，發音的部位和「ㅂ(b)」相同，但發音時要用喉嚨發重音。 | |

## 請念念看下列的單字

| 빠르다 | ba.reu.da | 快 |
|---|---|---|
| 빨간색 | bal.gan.se*k | 紅色 |
| 빨래 | bal.le* | 洗衣物 |
| 빨리 | bal.li | 快點 |
| 뺨 | byam | 臉蛋 |
| 뼈 | byo* | 骨頭 |
| 뽀뽀 | bo.bo | 親嘴 |
| 뽑다 | bop.da | 拔／挑選 |
| 뿌리 | bu.ri | 根 |
| 뿔 | bul | 角 |
| 삐치다 | bi.chi.da | 發脾氣 |
| 오빠 | o.ba | 哥哥 |

## 請朗讀下列句子

069

| | |
|---|---|
| 韓文 | 세월이 참 빠르네요. 나도 벌써 서른 살이 됐네요. |
| 實際念法 | 세워리 참 빠르네요 나도 벌써 서른 사리 됀네요 |
| 簡易拼音 | se.wo.ri/cham/ba.reu.ne.yo//na.do/bo*l.sso*/so*.reun/sa.ri/dwe*n.ne.yo |
| 中譯 | 歲月過得真快！我也已經三十歲了。 |

| | |
|---|---|
| 韓文 | 시간 없어. 너 좀 빨리 가면 안 돼? |
| 實際念法 | 시간 업써 너 좀 빨리 가면 안 돼 |
| 簡易拼音 | si.gan/o*p.sso*//no*/jom/bal.li/ga.myo*n/an/dwe* |
| 中譯 | 沒時間了，你就不能走快一點嗎？ |

| | |
|---|---|
| 韓文 | 빨간색 바지를 입고 있는 남자가 누구야? |
| 實際念法 | 빨간색 바지를 입꼬 인는 남자가 누구야 |
| 簡易拼音 | bal.gan.se*k/ba.ji.reul/ip.go/in.neun/nam.ja.ga/nu.gu.ya |
| 中譯 | 穿著紅色褲子的男生是誰？ |

| | |
|---|---|
| 韓文 | 오늘은 우리 반의 반장과 부반장을 뽑았어요. |
| 實際念法 | 오느른 우리 바네 반장과 부반장을 뽀바써요 |
| 簡易拼音 | o.neu.reun/u.ri/ba.nui/ban.jang.gwa/bu.ban.jang.eul/bo.ba.sso*.yo |
| 中譯 | 今天選出了我們班的班長和副班長。 |

| | |
|---|---|
| 韓文 | 오빠, 나 돈이 없어요. 저녁 좀 사주세요. |
| 實際念法 | 오빠 나 도니 업써요 저녁 좀 사주세요 |
| 簡易拼音 | o.ba//na/do.ni/o*p.sso*.yo//jo*.nyo*k/jom/sa.ju.se.yo |
| 中譯 | 哥，我沒有錢。請我吃晚餐。 |

# 硬音 ㅆ

070

## 發音要訣

| 羅馬拼音 ss | 注音發音 ㄙ |
| --- | --- |
| 屬硬音，發音的部位和「ㅅ(s)」相同，但發音時要用喉嚨發重音。 | |

## 請念念看下列的單字

| 싸구려 | ssa.gu.ryo* | 便宜貨 |
| --- | --- | --- |
| 싸다 | ssa.da | 便宜 |
| 싸움 | ssa.um | 打架／吵架 |
| 쌀 | ssal | 米 |
| 쌍둥이 | ssang.dung.i | 雙胞胎 |
| 쓰다 | sseu.da | 味苦 |
| 쓰레기 | sseu.re.gi | 垃圾 |
| 씨앗 | ssi.at | 種子 |
| 씨름 | ssi.reum | 摔跤 |
| 씹다 | ssip.da | 嚼 |
| 씻다 | ssit.da | 洗／清洗 |
| 아저씨 | a.jo*.ssi | 大叔 |

## 請朗讀下列句子

071

| | |
|---|---|
| 韓文 | 이 가방은 싸구려지만 품질이 괜찮네요. |
| 實際念法 | 이 가방은 싸구려지만 품지리 괜찬네요 |
| 簡易拼音 | i/ga.bang.eun/ssa.gu.ryo*.ji.man/pum.ji.ri/gwe*n.chan.ne.yo |
| 中譯 | 這個包包雖是便宜貨，但品質不差。 |

| | |
|---|---|
| 韓文 | 세일 기간이라서 옷을 싸게 샀어요. |
| 實際念法 | 세일 기가니라서 오슬 싸게 사써요 |
| 簡易拼音 | se.il/gi.ga.ni.ra.so*/o.seul/ssa.ge/sa.sso*.yo |
| 中譯 | 因為是打折期間，所以衣服買得很便宜。 |

| | |
|---|---|
| 韓文 | 한약이 너무 써요. 사탕을 먹고 싶어요. |
| 實際念法 | 하냐기 너무 써요 사탕을 먹꼬 시퍼요 |
| 簡易拼音 | ha.nya.gi/no*.mu/sso*.yo//sa.tang.eul/mo*k.go/si.po*.yo |
| 中譯 | 中藥太苦了，我想吃糖果。 |

| | |
|---|---|
| 韓文 | 식사하기 전에 먼저 손을 씻으세요. |
| 實際念法 | 식싸하기 저네 먼저 소늘 씨스세요 |
| 簡易拼音 | sik.ssa.ha.gi/jo*.ne/mo*n.jo*/so.neul/ssi.seu.se.yo |
| 中譯 | 在用餐前，請你先洗手。 |

| | |
|---|---|
| 韓文 | 기사 아저씨, 공항까지 데려다 주세요. |
| 實際念法 | 기사 아저씨 공항까지 데려다 주세요 |
| 簡易拼音 | gi.sa/a.jo*.ssi//gong.hang.ga.ji/de.ryo*.da/ju.se.yo |
| 中譯 | 司機叔叔，請載我到機場。 |

072

| **羅馬拼音** jj | **注音發音** ㄗ |
|---|---|
| 屬硬音，發音的部位和「ㅈ(j)」相同，但發音時要用喉嚨發重音。 | |

## 請念念看下列的單字

| 짜다 | jja.da | 鹹 |
|---|---|---|
| 짜장면 | jja.jang.myo*n | 炸醬麵 |
| 짧다 | jjap.da | 短 |
| 짬뽕 | jjam.bong | 炒碼麵 |
| 쪽 | jjok | （一）頁 |
| 쫓다 | jjot.da | 追趕 |
| 찌개 | jji.ge* | 燉湯 |
| 찌다 | jji.da | 蒸 |
| 찍다 | jjik.da | 拍照 |
| 진짜 | jin.jja | 真的／真貨 |
| 가짜 | ga.jja | 假的／假貨 |
| 짜리 | jja.ri | 貨幣面額 |

## 請朗讀下列句子

073

| | |
|---|---|
| 韓文 | 국은 너무 짜요. 물 좀 줘요. |
| 實際念法 | 구근 너무 짜요 물 좀 줘요 |
| 簡易拼音 | gu.geun/no*.mu/jja.yo//mul/jom/jwo.yo |
| 中譯 | 湯太鹹了，給我水。 |

| | |
|---|---|
| 韓文 | 오늘은 짜장면을 시켜 먹읍시다. |
| 實際念法 | 오느른 짜장며늘 시켜 머급씨다 |
| 簡易拼音 | o.neu.reun/jja.jang.myo*.neul/ssi.kyo*/mo*.geup.ssi.da |
| 中譯 | 今天我們叫炸醬麵來吃吧！ |

| | |
|---|---|
| 韓文 | 교과서 오십쪽을 펴세요. |
| 實際念法 | 교과서 오십쪼글 펴세요 |
| 簡易拼音 | gyo.gwa.so*/o.sip.jjo.geul/pyo*.se.yo |
| 中譯 | 請翻到教科書第50頁。 |

| | |
|---|---|
| 韓文 | 우리 여기서 사진을 찍자! 자, 웃으세요. |
| 實際念法 | 우리 여기서 사지늘 찍짜 자 우스세요 |
| 簡易拼音 | u.ri/yo*.gi.so*/sa.ji.neul/jjik.jja//ja//u.seu.se.yo |
| 中譯 | 我們在這裡拍照吧！來！笑一個！ |

| | |
|---|---|
| 韓文 | 엄마가 만든 김치찌개가 세상에서 제일 맛있어요. |
| 實際念法 | 엄마가 만든 김치찌개가 세상에서 제일 마시써요 |
| 簡易拼音 | o*m.ma.ga/man.deun/gim.chi.jji.ge*.ga/se.sang.e.so*/je.il/ma.si.sso*.yo |
| 中譯 | 媽媽煮的泡菜鍋是全世界最好吃的。 |

## 發音練習——平音→氣音→硬音

074

| 平音 | 氣音 | 硬音 |
|---|---|---|
| 가<br>ka | 카<br>k'a | 까<br>ga |
| 거<br>ko* | 커<br>ko* | 꺼<br>go* |
| 다<br>ta | 타<br>t'a | 따<br>da |
| 더<br>to* | 터<br>t'o* | 떠<br>do* |
| 바<br>pa | 파<br>p'a | 빠<br>ba |
| 버<br>po* | 퍼<br>p'o* | 뻐<br>bo* |
| 사<br>sa | X | 싸<br>ssa |
| 서<br>so* | X | 써<br>sso* |
| 자<br>ja | 차<br>cha | 짜<br>jja |
| 저<br>jo* | 처<br>cho* | 쩌<br>jjo* |

「'」表示發音時，要發重音兼送氣。

꼭 배워야 하는

꼭 배워야 하는
한국어 기초 발음

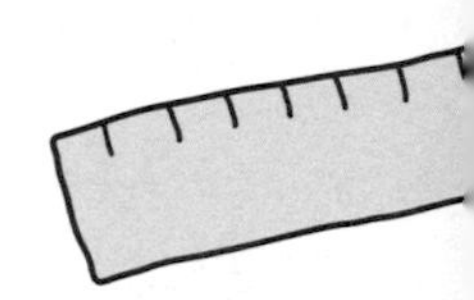

第六章

# 認識複合母音

# 複合母音 ㅐ

075

## 發音要訣

| 羅馬拼音 ae | 注音發音 ㄝ |
| --- | --- |
| 嘴巴張開，舌尖頂住下齒，自然發出「ae」的音。 | |

## 請念念看下列的單字

| | | |
| --- | --- | --- |
| 개 | ge* | 狗 |
| 개구리 | ge*.gu.ri | 青蛙 |
| 개나리 | ge*.na.ri | 迎春花 |
| 내리다 | ne*.ri.da | 落下／降下 |
| 아내 | a.ne* | 妻子 |
| 대구 | de*.gu | 大邱 |
| 아래 | a.re* | 下面 |
| 매우 | me*.u | 很／非常 |
| 매일 | me*.il | 每天 |
| 배 | be* | 船／梨／肚 |
| 배구 | be*.gu | 排球 |
| 배추 | be*.chu | 大白菜 |
| 새 | se* | 鳥 |
| 새로 | se*.ro | 新 |
| 새우 | se*.u | 蝦 |
| 애인 | e*.in | 愛人／戀人 |
| 재료 | je*.ryo | 材料 |
| 재미 | je*.mi | 趣味 |
| 채소 | che*.so | 蔬菜 |
| 어깨 | o*.ge* | 肩膀 |

| | |
|---|---|
| 韓文 | 배추김치 맛있게 담그는 법 좀 알려 주세요. |
| 實際念法 | 배추김치 마싣께 담그는 법 좀 알려 주세요 |
| 簡易拼音 | be*.chu.gim.chi/ma.sit.ge/dam.geu.neun/bo*p/jom/al.lyo*/ju.se.yo |
| 中譯 | 請告訴我醃製好吃泡菜的方法。 |

| | |
|---|---|
| 韓文 | 그 학생이 버스에서 내릴 때 버스 카드를 찍지 않았어요. |
| 實際念法 | 그 학쌩이 버스에서 내릴 때 버스 카드를 찍찌 아나써요 |
| 簡易拼音 | geu/hak.sse*ng.i/bo*.seu.e.so*/ne*.ril/de*/bo*.seu/ka.deu.reul/jjik.jji/a.na.sso*.yo |
| 中譯 | 那個學生下公車時，沒有刷公車卡。 |

| | |
|---|---|
| 韓文 | 최여진은 배구를 잘 하니까 국가대표로 선발되었어요. |
| 實際念法 | 최여지는 배구를 잘 하니까 국까대표로 선발되어써요 |
| 簡易拼音 | chwe.yo*.ji.neun/be*.gu.reul/jjal/ha.ni.ga/guk.ga.de*.pyo.ro/so*n.bal.dwe.o*.sso*.yo |
| 中譯 | 因為崔汝珍的排球打得很好，所以被選拔為國家代表隊。 |

| | |
|---|---|
| 韓文 | 화물을 배로 운송해 주십시오. |
| 實際念法 | 화무를 배로 운송해 주십씨오 |
| 簡易拼音 | hwa.mu.reul/be*.ro/un.song.he*/ju.sip.ssi.o |
| 中譯 | 貨物請用船運送。 |

| | |
|---|---|
| 韓文 | 핸드폰이 고장나서 새로 사야겠어요. |
| 實際念法 | 핸드포니 고장나서 새로 사야게써요 |
| 簡易拼音 | he*n.deu.po.ni/go.jang.na.so*/se*.ro/sa.ya.ge.sso*.yo |
| 中譯 | 因為手機壞掉了，必需新買一個才行。 |

# 複合母音ㅒ

077

## 發音要訣

| 羅馬拼音 yae | 注音發音 一せ |
|---|---|
| 先發中文「一」的音，然後迅速接著發出「ㅐ」的音，發出類似中文「耶」的音。 | |

## 請念念看下列的單字

| 얘 | ye* | 這孩子 |
|---|---|---|
| 얘기 | ye*.gi | 故事／談話 |
| 얘기하다 | ye*.gi.ha.da | 聊天／講話 |
| 걔 | gye* | 那孩子 |
| 쟤 | jye* | 那孩子 |

## 請朗讀下列句子

078

| | |
|---|---|
| 韓文 | 얘는 내 아들이에요. |
| 實際念法 | 얘는 내 아드리에요 |
| 簡易拼音 | ye*.neun/ne*/a.deu.ri.e.yo |
| 中譯 | 這孩子是我兒子。 |

| | |
|---|---|
| 韓文 | 옆 친구하고 얘기하지 마세요. |
| 實際念法 | 엽 친구하고 얘기하지 마세요 |
| 簡易拼音 | yo*p/chin.gu.ha.go/ye*.gi.ha.ji/ma.se.yo |
| 中譯 | 別和旁邊的朋友講話。 |

| | |
|---|---|
| 韓文 | 옛날 얘기는 꺼내지 마세요. |
| 實際念法 | 옌날 얘기는 꺼내지 마세요 |
| 簡易拼音 | yen.nal/ye*.gi.neun/go*.ne*.ji/ma.se.yo |
| 中譯 | 別提以前的事了。 |

| | |
|---|---|
| 韓文 | 대체 걔는 왜 그래? |
| 實際念法 | 대체 걔는 왜 그래 |
| 簡易拼音 | de*.che/gye*.neun/we*/geu.re* |
| 中譯 | 那傢伙到底為何那樣？ |

| | |
|---|---|
| 韓文 | 쟤는 왜 또 여길 와? |
| 實際念法 | 쟤는 왜 또 여길 와 |
| 簡易拼音 | jye*.neun/we*/do/yo*.gil/wa |
| 中譯 | 他為什麼又來這裡？ |

# 複合母音ㅔ

079

## 發音要訣

| 羅馬拼音 e | 注音發音 ㄟ |
| --- | --- |
| 發ㅔ的音時，嘴巴張得比「ㅐ」小，舌頭的位置也比較高，注意別和「ㅐ」搞混。 | |

## 請念念看下列的單字

| | | |
| --- | --- | --- |
| 게자리 | ge.ja.ri | 巨蟹座 |
| 넷째 | net.jje* | 第四 |
| 넷 | net | 四 |
| 레몬 | re.mon | 檸檬 |
| 레스토랑 | re.seu.to.rang | 西餐廳 |
| 메뉴 | me.nyu | 菜單 |
| 메모지 | me.mo.ji | 便條紙 |
| 메일 | me.il | 電子郵件 |
| 메세지 | me.se.ji | 短信／信息 |
| 베다 | be.da | 砍／切 |
| 베란다 | be.ran.da | 陽台 |
| 세기 | se.gi | 世紀 |
| 세배 | se.be* | 拜年 |
| 세상 | se.sang | 世界 |
| 에센스 | e.sen.seu | 精華液 |
| 에어컨 | e.o*.ko*n | 冷氣／空調 |
| 제도 | je.do | 制度 |
| 제사 | je.sa | 祭祀 |
| 체육 | che.yuk | 體育 |
| 테니스 | te.ni.seu | 網球 |

## 請朗讀下列句子

080

| | |
|---|---|
| 韓文 | 인삼차말고 레몬차로 주세요. |
| 實際念法 | 인삼차말고 레몬차로 주세요 |
| 簡易拼音 | in.sam.cha.mal.go/re.mon.cha.ro/ju.se.yo |
| 中譯 | 我不要人蔘茶，請給我檸檬茶。 |

| | |
|---|---|
| 韓文 | 제가 이태리 레스토랑을 예약해 뒀어요. |
| 實際念法 | 제가 이태리 레스토랑을 예야캐 둬써요 |
| 簡易拼音 | je.ga/i.te*.ri/re.seu.to.rang.eul/ye.ya.ke*/dwo.sso*.yo |
| 中譯 | 我訂好了義大利餐廳。 |

| | |
|---|---|
| 韓文 | 내가 보낸 이메일을 받았어요? 확인해 보세요. |
| 實際念法 | 내가 보낸 이메이를 바다써요 화긴해 보세요 |
| 簡易拼音 | ne*.ga/bo.ne*n/i.me.i.reul/ba.da.sso*.yo//hwa.gin.he*/bo.se.yo |
| 中譯 | 我寄給你的mail你收到了嗎？請你確認一下。 |

| | |
|---|---|
| 韓文 | 너무 덥습니다. 에어컨 좀 켜 주세요. |
| 實際念法 | 너무 덥씀니다 에어컨 좀 켜 주세요 |
| 簡易拼音 | no*.mu/do*p.sseum.ni.da//e.o*.ko*n/jom/kyo*/ju.se.yo |
| 中譯 | 太熱了，請你開冷氣。 |

| | |
|---|---|
| 韓文 | 심심한데 테니스나 치러 갈까요? |
| 實際念法 | 심시만데 테니스나 치러 갈까요 |
| 簡易拼音 | sim.sim.han.de/te.ni.seu.na/chi.ro*/gal.ga.yo |
| 中譯 | 很無聊，我們去打網球如何？ |

# 複合母音ㅖ

## 發音要訣

| 羅馬拼音 ye | 注音發音 一ㄟ |
|---|---|
| 先發中文「一」的音，然後迅速接著發出「ㅔ」的音，「ㅖ」的音只在一部分單字中使用，其餘大部分的單字都可將ㅖ念成「ㅔ」。除了례和예之外，其他的「ㅖ」也可以念成「ㅔ」，例如：시계（時鐘）→시게 | |

## 請念念看下列的單字

| | | |
|---|---|---|
| 계란 | gye.ran | 雞蛋 |
| 계속 | gye.sok | 繼續 |
| 계절 | gye.jo*l | 季節 |
| 계획 | gye.hwek | 計畫 |
| 혼례 | hol.lye | 婚禮 |
| 예의 | ye.ui | 禮儀／禮節 |
| 세계 | se.gye | 世界 |
| 시계 | si.gye | 時鐘 |
| 은혜 | eun.hye | 恩惠 |
| 예복 | ye.bok | 禮服 |
| 예술 | ye.sul | 藝術 |
| 차례 | cha.rye | 次序／順序 |

## 請朗讀下列句子

082

| | |
|---|---|
| 韓文 | 이번 휴가에 무슨 계획이라도 있으세요? |
| 實際念法 | 이번 휴가에 무슨 게회기라도 이쓰세요 |
| 簡易拼音 | i.bo*n/hyu.ga.e/mu.seun/gye.hwe.gi.ra.do/i.sseu.se.yo |
| 中譯 | 這個休假你有什麼計畫嗎？ |

| | |
|---|---|
| 韓文 | 이번 주 목요일부터 지금까지 계속 비가 오고 있어요. |
| 實際念法 | 이번 주 모교일부터 지금까지 게속 비가 오고 이써요 |
| 簡易拼音 | i.bo*n/ju/mo.gyo.il.bu.to*/ji.geum.ga.ji/gye.sok/bi.ga/o.go/i.sso*.yo |
| 中譯 | 從這周四開始到現在，一直下雨。 |

| | |
|---|---|
| 韓文 | 계절이 바뀔 때마다 감기에 걸리는 사람이 많습니다. |
| 實際念法 | 게저리 바뀔 때마다 감기에 걸리는 사라미 만씀니다 |
| 簡易拼音 | gye.jo*.ri/ba.gwil/de*.ma.da/gam.gi.e/go*l.li.neun/sa.ra.mi/man.sseum.ni.da |
| 中譯 | 每次更換季節的時候，感冒的人就多。 |

| | |
|---|---|
| 韓文 | 시계가 고장난 것 같아요. 배터리를 새로 바꿔도 움직이 지 않아요. |
| 實際念法 | 시게가 고장난 걷 가타요 배터리를 새로 바꿔도 움지기 지 아나요 |
| 簡易拼音 | si.gye.ga/go.jang.nan/go*t/ga.ta.yo//be*.to*.ri.reul/sse*.ro/ba.gwo.do/um.ji.gi.ji/a.na.yo |
| 中譯 | 時鐘好像壞掉了，就算換了新電池也不會走。 |

| | |
|---|---|
| 韓文 | 부장님, 이 은혜는 절대 잊지 않겠습니다. |
| 實際念法 | 부장님 이 은헤는 절대 읻찌 안켇씀니다. |
| 簡易拼音 | bu.jang.nim//i/eun.hye.neun/jo*l.de*/it.jji/an.ket.sseum.ni.da |
| 中譯 | 部長，這個恩惠我絕對不會忘記的。 |

# 複合母音 ㅘ

083

## 發音要訣

| 羅馬拼音 wa | 注音發音 ㄨㄚ |
|---|---|
| 先發「ㅗ」的音，然後迅速接著發出「ㅏ」的音，音類似中文的「哇」。 | |

## 請念念看下列的單字

| | | |
|---|---|---|
| 과자 | gwa.ja | 點心／餅乾 |
| 와인 | wa.in | 葡萄酒／紅酒 |
| 화가 | hwa.ga | 畫家 |
| 사과 | sa.gwa | 蘋果 |
| 외과 | we.gwa | 外科 |
| 좌측 | jwa.cheuk | 左側 |
| 와이프 | wa.i.peu | 妻子 |
| 화재 | hwa.je* | 火災 |
| 과거 | gwa.go* | 過去 |
| 과목 | gwa.mok | 科目 |
| 소화기 | so.hwa.gi | 滅火器 |
| 좌석 | jwa.so*k | 座位 |

## 請朗讀下列句子

| | |
|---|---|
| 韓文 | 이 그림이 어느 화가의 작품인가요? |
| 實際念法 | 이 그리미 어느 화가에 작푸민가요 |
| 簡易拼音 | i/geu.ri.mi/o*.neu/hwa.ga.ui/jak.pu.min.ga.yo |
| 中譯 | 這幅圖畫是哪位畫家的作品呢？ |

| | |
|---|---|
| 韓文 | 와인을 마시고 싶은데 와인글라스가 없네요. |
| 實際念法 | 와이늘 마시고 시픈데 와인글라스가 엄네요 |
| 簡易拼音 | wa.i.neul/ma.si.go/si.peun.de/wa.in.geul.la.seu.ga/o*m.ne.yo |
| 中譯 | 我想喝紅酒，但是沒有紅酒杯耶！ |

| | |
|---|---|
| 韓文 | 우리 아버지는 정형 외과 의사입니다. |
| 實際念法 | 우리 아버지는 정형 외과 의사임니다 |
| 簡易拼音 | u.ri/a.bo*.ji.neun/jo*ng.hyo*ng/we.gwa/ui.sa.im.ni.da |
| 中譯 | 我爸爸是整形外科醫生。 |

| | |
|---|---|
| 韓文 | 필기시험은 무슨 과목이 나옵니까? |
| 實際念法 | 필기시허믄 무슨 과모기 나옴니까 |
| 簡易拼音 | pil.gi.si.ho*.meun/mu.seun/gwa.mo.gi/na.om.ni.ga |
| 中譯 | 筆試會出現哪些科目？ |

| | |
|---|---|
| 韓文 | 소화기를 사용할 줄 아세요? |
| 實際念法 | 소화기를 사용할 쭐 아세요 |
| 簡易拼音 | so.hwa.gi.reul/ssa.yong.hal/jjul/a.se.yo |
| 中譯 | 您會使用滅火器嗎？ |

# 複合母音 ㅙ

## 發音要訣

| 羅馬拼音 wae | 注音發音 ㄨㄝ |
|---|---|
| 先發「ㅗ」的音，然後迅速接著發出「ㅐ」的音，即成為複合母音「ㅙ」。 | |

## 請念念看下列的單字

| 괜찮다 | gwe*n.chan.ta | 不錯／沒關係 |
|---|---|---|
| 돼지 | dwe*.ji | 豬 |
| 돼지띠 | dwe*.ji.di | 屬豬 |
| 쇄골 | swe*.gol | 鎖骨 |
| 왜 | we* | 為什麼 |
| 왜냐하면 | we*.nya.ha.myo*n | 因為 |
| 쾌속 | kwe*.sok | 快速 |
| 꽤 | gwe* | 特別 |

## 請朗讀下列句子

086

韓文 김치 맛이 의외로 괜찮네요. 내가 더 먹어도 되죠?
實際念法 김치 마시 의외로 괜찬네요 내가 더 머거도 되죠
簡易拼音 gim.chi/ma.si/ui.we.ro/gwe*n.chan.ne.yo//ne*.ga/do*/mo*.go*.do/dwe.jyo
中譯 沒想到泡菜的味道不錯耶！我可以再吃嗎？

韓文 괜찮습니다. 신경 안 쓰셔도 됩니다.
實際念法 괜찬씁니다 신경 안 쓰셔도 됩니다
簡易拼音 gwe*n.chan.sseum.ni.da//sin.gyo*ng/an/sseu.syo*.do/dwem.ni.da
中譯 沒關係，您不用費心。

韓文 나는 돼지띠가 아니고 닭띠예요.
實際念法 나는 돼지띠가 아니고 닥띠예요
簡易拼音 na.neun/dwe*.ji.di.ga/a.ni.go/dak.di.ye.yo
中譯 我不是屬豬，是屬雞。

韓文 왜 밥을 안 먹고 그래요? 무슨 생각을 하는 거예요?
實際念法 왜 바블 안 먹꼬 그래요 무슨 생가글 하는 거예요
簡易拼音 we*/ba.beul/an/mo*k.go/geu.re*.yo//mu.seun/se*ng.ga.geul/ha.neun/go*.ye.yo
中譯 你為什麼不吃飯？你在想什麼嗎？

韓文 동생이 운동은 꽤 잘하는데 공부를 못해요.
實際念法 동생이 운동은 꽤 잘하는데 공부를 모태요
簡易拼音 dong.se*ng.i/un.dong.eun/gwe*/jal.ha.neun.de/gong.bu.reul/mo.te*.yo
中譯 弟弟很擅長運動，卻不會讀書。

# 複合母音 ㅚ

## 發音要訣

| **羅馬拼音** oe | **注音發音** ㄨㄟ |
|---|---|
| 口型和舌頭位置都和「ㅔ」相同，但發ㅚ的音時，嘴唇一定要是圓形狀。 | |

## 請念念看下列的單字

| 괴물 | gwe.mul | 怪物 |
|---|---|---|
| 괴수 | gwe.su | 怪獸 |
| 뇌 | nwe | 腦 |
| 뇌물 | nwe.mul | 賄賂 |
| 되다 | dwe.da | 成為／可以 |
| 된장찌개 | dwen.jang.jji.ge* | 大醬湯 |
| 뵙다 | bwep.da | 看／拜見 |
| 쇠 | swe | 鐵 |
| 쇠고기 | swe.go.gi | 牛肉 |
| 외교 | we.gyo | 外交 |
| 외국어 | we.gu.go* | 外國語 |
| 외손 | we.son | 外孫 |
| 열쇠 | yo*l.swe | 鑰匙 |
| 야외 | ya.we | 郊外 |
| 요괴 | yo.gwe | 妖怪 |
| 최 | chwe | 崔（姓氏） |

## 請朗讀下列句子

088

| | |
|---|---|
| 韓文 | 지금 퇴근하셔도 됩니다. 내일 봬요. |
| 實際念法 | 지금 퇴근하셔도 됨니다 내일 봬요 |
| 簡易拼音 | ji.geum/twe.geun.ha.syo*.do/dwem.ni.da//ne*.il/bwe*.yo |
| 中譯 | 您現在可以下班了，明天見。 |

| | |
|---|---|
| 韓文 | 초등학교 선생님이 되는 게 제 꿈이에요. |
| 實際念法 | 초등학꾜 선생니미 되는 게 제 꾸미에요 |
| 簡易拼音 | cho.deung.hak.gyo/so*n.se*ng.ni.mi/dwe.neun/ge/je/gu.mi.e.yo |
| 中譯 | 當國小老師是我的夢想。 |

| | |
|---|---|
| 韓文 | 다음 주에 다시 뵙겠습니다. 안녕히 가세요. |
| 實際念法 | 다음 주에 다시 뵙껟씀니다 안녕히 가세요 |
| 簡易拼音 | da.eum/ju.e/da.si/bwep.get.sseum.ni.da//an.nyo*ng.hi/ga.se.yo |
| 中譯 | 下週再見！您慢走！ |

| | |
|---|---|
| 韓文 | 지금 무슨 외국어를 배우고 있어요? |
| 實際念法 | 지금 무슨 외구거를 배우고 이써요 |
| 簡易拼音 | ji.geum/mu.seun/we.gu.go*.reul/be*.u.go/i.sso*.yo |
| 中譯 | 你現在在學習什麼外國語呢？ |

| | |
|---|---|
| 韓文 | 혹시 제 열쇠를 보셨어요? 잃어버렸나봐요. |
| 實際念法 | 혹씨 제 열쇠를 보셔써요 이러버련나봐요 |
| 簡易拼音 | hok.ssi/je/yo*l.swe.reul/bo.syo*.sso*.yo//i.ro*.bo*.ryo*n.na.bwa.yo |
| 中譯 | 您有看到我的鑰匙嗎？好像弄不見了。 |

# 複合母音 ㅞ

089

## 發音要訣

| 羅馬拼音 we | 注音發音 ㄨㄟ |
|---|---|
| 先發「ㅜ」的音，然後迅速接著發出「ㅔ」的音，即成為複合母音「ㅞ」。<br>＊ㅚ和ㅞ的嘴型比ㅙ小一些，但ㅚ和ㅞ幾乎是一樣的發音。 | |

## 請念念看下列的單字

| | | |
|---|---|---|
| 궤도 | gwe.do | 軌道 |
| 궤양 | gwe.yang | 潰瘍 |
| 웨딩드레스 | we.ding.deu.re.seu | 婚紗 |
| 웨이터 | we.i.to* | 服務生 |
| 훼손 | hwe.son | 毀損 |
| 꿰다 | gwe.da | 串／穿 |

## 請朗讀下列句子

090

| | |
|---|---|
| 韓文 | 궤양이 발생할 가능성이 높습니다. |
| 實際念法 | 궤양이 발쌩할 가능성이 놉씀니다 |
| 簡易拼音 | gwe.yang.i/bal.sse*ng.hal/ga.neung.so*ng.i/nop.sseum.ni.da |
| 中譯 | 發生潰瘍的可能性很高。 |

| | |
|---|---|
| 韓文 | 작년에 이 레스토랑에서 웨이터로 일한 적이 있어요. |
| 實際念法 | 장녀네 이 레스토랑에서 웨이터로 이란 저기 이써요 |
| 簡易拼音 | jang.nyo*.ne/i/re.seu.to.rang.e.so*/we.i.to*.ro/il.han/jo*.gi/i.sso*.yo |
| 中譯 | 去年我曾經在這家餐廳當服務生。 |

| | |
|---|---|
| 韓文 | 누나가 웨딩드레스를 입은 모습이 참 예쁩니다. |
| 實際念法 | 누나가 웨딩드레스를 이븐 모스비 참 예쁨니다 |
| 簡易拼音 | nu.na.ga/we.ding.deu.re.seu.reul/i.beun/mo.seu.bi/cham/ye.beum.ni.da |
| 中譯 | 姊姊穿婚紗的模樣真美。 |

| | |
|---|---|
| 韓文 | 꼬챙이에 닭고기를 꿰어 주세요. |
| 實際念法 | 꼬챙이에 닥꼬기를 꿰어 주세요 |
| 簡易拼音 | go.che*ng.i.e/dal.go.gi.reul/gwe.o*/ju.se.yo |
| 中譯 | 請你把雞肉串在竹籤上。 |

| | |
|---|---|
| 韓文 | 공사 때문에 학교 벽 훼손이 심각합니다. |
| 實際念法 | 공사 때무네 학꾜 벽 훼소니 심가캄니다 |
| 簡易拼音 | gong.sa/de*.mu.ne/hak.gyo/byo*k/hwe.so.ni/sim.ga.kam.ni.da |
| 中譯 | 由於施工的關係，學校的牆壁毀損很嚴重。 |

# 複合母音 ㅝ

## 發音要訣

| 羅馬拼音 wo | 注音發音 ㄨㄛ |
|---|---|
| 先發「ㅜ」的音，然後迅速接著發出「ㅓ」的音，即成為複合母音「ㅝ」。 | |

## 請念念看下列的單字

| | | |
|---|---|---|
| 권 | gwon | （一）本 |
| 권 | gwon | 權（姓氏） |
| 뭐 | mwo | 什麼 |
| 원 | won | 圜（韓國貨幣單位） |
| 소원 | so.won | 願望 |
| 훨씬 | hwol.ssin | 更加 |
| 대학원 | de*.ha.gwon | 研究所 |
| 원장 | won.jang | 院長 |

## 請朗讀下列句子

092

| | |
|---|---|
| 韓文 | 서점에서 만화책 다섯 권이나 샀어요. |
| 實際念法 | 서저메서 만화책 다섣 궈니나 사써요 |
| 簡易拼音 | so*.jo*.me.so*/man.hwa.che*k/da.so*t/gwo.ni.na/sa.sso*.yo |
| 中譯 | 我在書店買了五本漫畫。 |

| | |
|---|---|
| 韓文 | 권 부장님, 밖에 손님이 왔습니다. 나가 보실래요? |
| 實際念法 | 권 부장님 바께 손니미 왇씀니다 나가 보실래요 |
| 簡易拼音 | gwon/bu.jang.nim,/ba.ge/son.ni.mi/wat.sseum.ni.da//na.ga/bo.sil.le*.yo |
| 中譯 | 權部長，外面客人來了。您要出去看看嗎？ |

| | |
|---|---|
| 韓文 | 이게 뭐예요? 내 일기장이 아니에요? |
| 實際念法 | 이게 뭐예요 내 일기장이 아니에요 |
| 簡易拼音 | i.ge/mwo.ye.yo//ne*/il.gi.jang.i/a.ni.e.yo |
| 中譯 | 這是什麼？這不是我的日記本嗎？ |

| | |
|---|---|
| 韓文 | 우리 가족이 늘 건강하고 행복하는 게 내 소원이에요. |
| 實際念法 | 우리 가조기 늘 건강하고 행보카는 게 내 소워니에요 |
| 簡易拼音 | u.ri/ga.jo.gi/neul/go*n.gang.ha.go/he*ng.bo.ka.neun/ge/ne*/so.wo.ni.e.yo |
| 中譯 | 家人能一直健康、幸福是我的願望。 |

| | |
|---|---|
| 韓文 | 원장님이 오늘 편찮으셔서 병원에 안 오셨는데요. |
| 實際念法 | 원장니미 오늘 편차느셔서 병워네 안 오션는데요 |
| 簡易拼音 | won.jang.ni.mi/o.neul/pyo*n.cha.neu.syo*.so*/byo*ng.wo.ne/an/o.syo*n.neun.de.yo |
| 中譯 | 院長今天身體不適，所以沒來醫院。 |

# 複合母音 ㅟ

093

## 發音要訣

| 羅馬拼音 wi | 注音發音 ㄨㄧ |
|---|---|
| 先發「ㅜ」的音，然後迅速接著發出「ㅣ」的音，即成為複合母音「ㅟ」。 | |

## 請念念看下列的單字

| | | |
|---|---|---|
| 귀걸이 | gwi.go*.ri | 耳環 |
| 귀국 | gwi.guk | 歸國 |
| 귀신 | gwi.sin | 鬼 |
| 뉘앙스 | nwi.ang.seu | 語感／語氣 |
| 뒤 | dwi | 後面 |
| 뷔페 | bwi.pe | 自助餐 |
| 쉬다 | swi.da | 休息 |
| 위 | wi | 上面 |
| 위스키 | wi.seu.ki | 威士忌 |
| 쥐 | jwi | 老鼠 |
| 취미 | chwi.mi | 興趣 |
| 퀴즈 | kwi.jeu | 謎語 |
| 튀기다 | twi.gi.da | 炸 |
| 뀌다 | gwi.da | 放（屁） |
| 바위 | ba.wi | 岩石 |
| 사귀다 | sa.gwi.da | 交往／結交 |

## 請朗讀下列句子

094

| | |
|---|---|
| 韓文 | 이 집에 귀신이 있다고 들었는데 들어가지 마세요. |
| 實際念法 | 이 지베 귀시니 읻따고 드런는데 드러가지 마세요 |
| 簡易拼音 | i/ji.be/gwi.si.ni/it.da.go/deu.ro*n.neun.de/deu.ro*.ga.ji/ma.se.yo |
| 中譯 | 聽說這間房子有鬼，不要進去。 |

| | |
|---|---|
| 韓文 | 식탁 위에 그릇과 컵이 있습니다. |
| 實際念法 | 식탁 위에 그른꽈 커비 읻씀니다 |
| 簡易拼音 | sik.tak/wi.e/geu.reut.gwa/ko*.bi/it.sseum.ni.da |
| 中譯 | 餐桌上有碗盤和杯子。 |

| | |
|---|---|
| 韓文 | 힘드시죠? 여기서 잠깐 쉬세요. |
| 實際念法 | 힘드시죠 여기서 잠깐 쉬세요 |
| 簡易拼音 | him.deu.si.jyo//yo*.gi.so*/jam.gan/swi.se.yo |
| 中譯 | 您累了吧？請在這裡休息一下吧！ |

| | |
|---|---|
| 韓文 | 제 취미는 여행하기입니다. |
| 實際念法 | 제 취미는 여행하기임니다 |
| 簡易拼音 | je/chwi.mi.neun/yo*.he*ng.ha.gi.im.ni.da |
| 中譯 | 我的興趣是旅行。 |

| | |
|---|---|
| 韓文 | 준수 오빠, 사랑해요. 저랑 사귈까요? |
| 實際念法 | 준수 오빠 사랑해요 저랑 사귈까요 |
| 簡易拼音 | jun.su/o.ba//sa.rang.he*.yo//jo*.rang/sa.gwil.ga.yo |
| 中譯 | 俊秀哥，我愛你。你願意和我交往嗎？ |

# 複合母音 ㅢ

095

## 發音要訣

| 羅馬拼音 ui | 注音發音 ㄜㄧ／ㄨㄧ |
|---|---|
| 先發「ㅡ」的音，然後迅速接著發出「ㅣ」的音，即成為複合母音「ㅢ」。 | |

## 請念念看下列的單字

| | | |
|---|---|---|
| 의도 | ui.do | 意圖／用意 |
| 의료 | ui.ryo | 醫療 |
| 의류 | ui.ryu | 衣類 |
| 의무 | ui.mu | 義務 |
| 의미 | ui.mi | 意義 |
| 의사 | ui.sa | 醫生 |
| 의의 | ui.ui | 意思／意義 |
| 의자 | ui.ja | 椅子 |
| 의지 | ui.ji | 意志 |
| 의회 | ui.hwe | 議會 |
| 회의 | hwe.ui | 會議 |
| 수의 | su.ui | 獸醫 |
| 무늬 | mu.ni | 紋路 |
| 저희 | jo*.hi | 我們 |
| 희망 | hi.mang | 希望 |
| 흰색 | hin.se*k | 白色 |

## 請朗讀下列句子

096

| | |
|---|---|
| 韓文 | 그게 무슨 의미예요? 다시 설명해 주세요. |
| 實際念法 | 그게 무슨 의미예요 다시 설명해 주세요 |
| 簡易拼音 | geu.ge/mu.seun/ui.mi.ye.yo//da.si/so*l.myo*ng.he*/ju.se.yo |
| 中譯 | 那是什麼意思？請你在說明一遍。 |

| | |
|---|---|
| 韓文 | 회의에 늦어서 죄송합니다. |
| 實際念法 | 회이에 느저서 죄송함니다 |
| 簡易拼音 | hwe.ui.e/neu.jo*.so*/jwe.song.ham.ni.da |
| 中譯 | 對不起，我開會遲到了。 |

| | |
|---|---|
| 韓文 | 사실 저희는 이혼하기로 했습니다. |
| 實際念法 | 사실 저히는 이혼하기로 핻씀니다 |
| 簡易拼音 | sa.sil/jo*.hi.neun/i.hon.ha.gi.ro/he*t.sseum.ni.da |
| 中譯 | 其實我們決定離婚了。 |

| | |
|---|---|
| 韓文 | 저 꽃무늬 가방이 예쁘네요. 얼마예요? |
| 實際念法 | 저 꼰무니 가방이 예쁘네요 얼마예요 |
| 簡易拼音 | jo*/gon.mu.ni/ga.bang.i/ye.beu.ne.yo//o*l.ma.ye.yo |
| 中譯 | 那個花紋包包很漂亮呢！多少錢呢？ |

| | |
|---|---|
| 韓文 | 검은색보다 흰색이 당신한테 더 잘 어울려요. |
| 實際念法 | 거믄색뽀다 힌새기 당신한테 더 잘 어울려요 |
| 簡易拼音 | go*.meun.se*k.bo.da/hin.se*.gi/dang.sin.han.te/do*/jal/o*.ul.lyo*.yo |
| 中譯 | 比起黑色，白色更適合你。 |

## ㅢ的音在實際運用中，有一些特殊的變化

1. **當의表示所有格助詞「的」時，要念成「에」。**

| 韓文 | 中譯 | 發音 | 簡易拼音 |
|---|---|---|---|
| 나의 | 我的 | 나에 | na.e |
| 우리의 | 我們的 | 우리에 | u.ri.e |
| 친구의 | 朋友的 | 친구에 | chin.gu.e |

2. **如果單字的第一個字是의，就念成「의」；如果의不在單字的第一個字，則可以念成「이」。**

| 韓文 | 中譯 | 發音 | 簡易拼音 |
|---|---|---|---|
| 의사 | 醫生 | 의사 | ui.sa |
| 의자 | 椅子 | 의자 | ui.ja |
| 예의 | 禮儀 | 예이 | ye.i |
| 민주주의 | 民主主義 | 민주주이 | min.ju.ju.i |

3. **當ㅢ與子音初聲結合時，「의」要念成「이」。**

| 韓文 | 中譯 | 發音 | 簡易拼音 |
|---|---|---|---|
| 무늬 | 花紋 | 무니 | mu.ni |
| 희극 | 喜劇 | 히극 | hi.geuk |
| 경희대학교 | 慶熙大學 | 경히대학꾜 | gyo*ng.hi.de*.hak.gyo |
| 문의하다 | 詢問 | 무니하다 | mu.ni.ha.da |

# 꼭 배워야 하는

꼭 배워야 하는
한국어 기초 발음

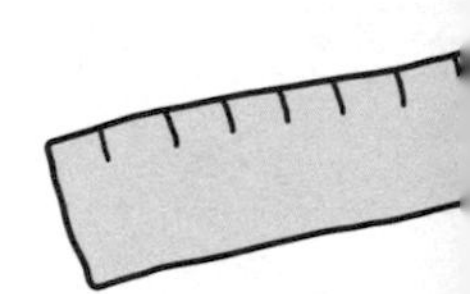

第七章

# 收音

# 子音當作尾音 

098

也有人稱尾音為「收音」或「終聲」，韓文稱為「받침」，意思是在韓文字中最尾巴的音。尾音會以子音或複合子音的型態出現，有ㄱ、ㄴ、ㄷ、ㄹ、ㅁ、ㅂ、ㅇ等七種尾音發音法。其形態如下圖：

例1

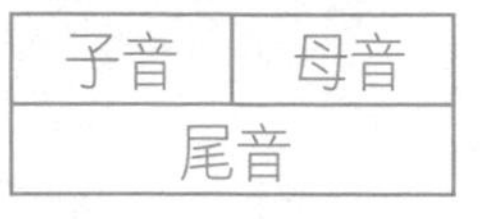


例2

子音
母音
尾音

## 由左到右依序念念看

| 韓字 / 尾音 | 가 ka | 나 na | 다 ta | 라 ra | 아 a |
|---|---|---|---|---|---|
| ㄱ 急促音 | 각 kak | 낙 nak | 닥 tak | 락 rak | 악 ak |
| ㄴ 鼻音 | 간 kan | 난 nan | 단 tan | 란 ran | 안 an |
| ㄷ 斷音 | 갇 kat | 낟 nat | 닫 tat | 랃 rat | 앋 at |
| ㄹ 捲舌 | 갈 kal | 날 nal | 달 tal | 랄 ral | 알 al |
| ㅁ 嘴閉 | 감 kam | 남 nam | 담 tam | 람 ram | 암 am |
| ㅂ 嘴閉促音 | 갑 kap | 납 nap | 답 tap | 랍 rap | 압 ap |
| ㅇ 鼻喉音 | 강 kang | 낭 nang | 당 tang | 랑 rang | 앙 ang |

# 尾音ㄱ

099

| 説明 | 以ㄱ, ㅋ, ㄲ 當作終聲時，發「k」的音。 |
| --- | --- |
| 發音方法 | 口形和舌頭的位置不變＋急促音 |

## 由左到右依序念念看

| 子音＼母音 | ㅏ a | ㅓ o* | ㅗ o | ㅜ u | ㅣ i |
| --- | --- | --- | --- | --- | --- |
| ㄱ k | 각 | 걱 | 곡 | 국 | 긱 |
| ㄴ n | 낙 | 넉 | 녹 | 눅 | 닉 |
| ㄷ t | 닥 | 덕 | 독 | 둑 | 딕 |
| ㄹ r | 락 | 럭 | 록 | 룩 | 릭 |
| ㅁ m | 막 | 먹 | 목 | 묵 | 믹 |
| ㅂ p | 박 | 벅 | 복 | 북 | 빅 |
| ㅅ s | 삭 | 석 | 속 | 숙 | 식 |
| ㅇ X | 악 | 억 | 옥 | 욱 | 익 |

## 請朗讀、練習寫下列單字

100

| 單字 | 中譯 | 拼音 | 練習寫 |
|---|---|---|---|
| 대학 | 大學 | de*.hak | |
| 국가 | 國家 | guk.ga | |
| 도둑 | 小偷 | do.duk | |
| 밖 | 外面 | bak | |
| 지역 | 地區 | ji.yo*k | |
| 부엌 | 廚房 | bu.o*k | |
| 부탁 | 請託 | bu.tak | |
| 가격 | 價格 | ga.gyo*k | |
| 미국 | 美國 | mi.guk | |
| 아직 | 仍、還 | a.jik | |
| 떡 | 糕、年糕 | do*k | |
| 식사 | 用餐 | sik.ssa | |

## 尾音ㄴ

101

| 説明 | 以ㄴ當作終聲時，發「n」的音。 |
|---|---|
| 發音方法 | 舌頭碰到上面＋鼻音 |

### 由左到右依序念念看

| 母音 / 子音 | ㅏ a | ㅓ o* | ㅗ o | ㅜ u | ㅣ i |
|---|---|---|---|---|---|
| ㄱ k | 간 | 건 | 곤 | 군 | 긴 |
| ㄴ n | 난 | 넌 | 논 | 눈 | 닌 |
| ㄷ t | 단 | 던 | 돈 | 둔 | 딘 |
| ㄹ r | 란 | 런 | 론 | 룬 | 린 |
| ㅁ m | 만 | 먼 | 몬 | 문 | 민 |
| ㅂ p | 반 | 번 | 본 | 분 | 빈 |
| ㅅ s | 산 | 선 | 손 | 순 | 신 |
| ㅇ X | 안 | 언 | 온 | 운 | 인 |

## 請朗讀、練習寫下列單字

102

| 單字 | 中譯 | 拼音 | 練習寫 |
| --- | --- | --- | --- |
| 친구 | 朋友 | chin.gu | |
| 언제 | 什麼時候 | o*n.je | |
| 우산 | 雨傘 | u.san | |
| 편지 | 信 | pyo*n.ji | |
| 시간 | 時間 | si.gan | |
| 예전 | 以前 | ye.jo*n | |
| 안전 | 安全 | an.jo*n | |
| 손가락 | 手指 | son.ga.rak | |
| 수건 | 毛巾 | su.go*n | |
| 군인 | 軍人 | gu.nin | |
| 만화책 | 漫畫書 | man.hwa.che*k | |
| 인간 | 人類 | in.gan | |

# 尾音ㄷ

103

| 說明 | 以ㄷ,ㅅ,ㅈ,ㅊ,ㅌ,ㅎ,ㅆ當作終聲時，發「t」的音。 |
| --- | --- |
| 發音方法 | 舌頭碰到上面＋斷音 |

## 由左到右依序念念看

| 母音 / 子音 | ㅏ a | ㅓ o* | ㅗ o | ㅜ u | ㅣ i |
| --- | --- | --- | --- | --- | --- |
| ㄱ k | 갇 | 걷 | 곧 | 굳 | 긷 |
| ㄴ n | 낟 | 넏 | 녿 | 눋 | 닏 |
| ㄷ t | 닫 | 덛 | 돋 | 둗 | 딛 |
| ㄹ r | 랃 | 럳 | 롣 | 룯 | 릳 |
| ㅁ m | 맏 | 멀 | 몯 | 묻 | 믿 |
| ㅂ p | 받 | 벋 | 볻 | 붇 | 빋 |
| ㅅ s | 삳 | 섣 | 솓 | 숟 | 싣 |
| ㅇ X | 앋 | 얻 | 옫 | 욷 | 읻 |

## 請朗讀、練習寫下列單字

104

| 單字 | 中譯 | 拼音 | 練習寫 |
|---|---|---|---|
| 곧 | 馬上 | got | |
| 옷가게 | 服飾店 | ot.ga.ge | |
| 듣기 | 聽力 | deut.gi | |
| 있다 | 有／在 | it.da | |
| 젓가락 | 筷子 | jo*t.ga.rak | |
| 다섯 | 五 | da.so*t | |
| 꽃병 | 花瓶 | got.byo*ng | |
| 빛 | 光線 | bit | |
| 씨앗 | 種子 | ssi.at | |
| 밑바닥 | 底部 | mit.ba.dak | |
| 찾다 | 找 | chat.da | |
| 같다 | 一樣 | gat.da | |

# 尾音ㄹ

105

| 説明 | 以ㄹ當作終聲時，發「l」的音。 |
| --- | --- |
| 發音方法 | 舌頭捲起（微捲） |

## 由左到右依序念念看

| 母音 / 子音 | ㅏ a | ㅓ o* | ㅗ o | ㅜ u | ㅣ i |
| --- | --- | --- | --- | --- | --- |
| ㄱ k | 갈 | 걸 | 골 | 굴 | 길 |
| ㄴ n | 날 | 널 | 놀 | 눌 | 닐 |
| ㄷ t | 달 | 덜 | 돌 | 둘 | 딜 |
| ㄹ r | 랄 | 럴 | 롤 | 룰 | 릴 |
| ㅁ m | 말 | 멀 | 몰 | 물 | 밀 |
| ㅂ p | 발 | 벌 | 볼 | 불 | 빌 |
| ㅅ s | 살 | 설 | 솔 | 술 | 실 |
| ㅇ X | 알 | 얼 | 올 | 울 | 일 |

## 請朗讀、練習寫下列單字



| 單字 | 中譯 | 拼音 | 練習寫 |
|---|---|---|---|
| 겨울 | 冬天 | gyo*.ul | |
| 달리다 | 奔跑 | dal.li.da | |
| 딸 | 女兒 | dal | |
| 빨리 | 趕快 | bal.li | |
| 불 | 火 | bul | |
| 가을 | 秋天 | ga.eul | |
| 비밀 | 秘密 | bi.mil | |
| 걸다 | 掛、吊 | go*l.da | |
| 설날 | 春節 | so*l.lal | |
| 멀리 | 遠遠地 | mo*l.li | |
| 얼굴 | 臉 | o*l.gul | |
| 어느날 | 某一天 | o*.neu.nal | |

# 尾音ㅁ

107

| 說明 | 以ㅁ當作終聲時，發「m」的音。 |
|---|---|
| 發音方法 | 嘴巴閉起來 |

## 由左到右依序念念看

| 子音＼母音 | ㅏ a | ㅓ o* | ㅗ o | ㅜ u | ㅣ i |
|---|---|---|---|---|---|
| ㄱ k | 감 | 검 | 곰 | 굼 | 김 |
| ㄴ n | 남 | 넘 | 놈 | 눔 | 님 |
| ㄷ t | 담 | 덤 | 돔 | 둠 | 딤 |
| ㄹ r | 람 | 럼 | 롬 | 룸 | 림 |
| ㅁ m | 맘 | 멈 | 몸 | 뭄 | 밈 |
| ㅂ p | 밤 | 범 | 봄 | 붐 | 빔 |
| ㅅ s | 삼 | 섬 | 솜 | 숨 | 심 |
| ㅇ X | 암 | 엄 | 옴 | 움 | 임 |

## 請朗讀、練習寫下列單字

108

| 單字 | 中譯 | 拼音 | 練習寫 |
| --- | --- | --- | --- |
| 김치 | 泡菜 | gim.chi | |
| 사람 | 人 | sa.ram | |
| 감자 | 馬鈴薯 | gam.ja | |
| 남자 | 男生 | nam.ja | |
| 손님 | 客人 | son.nim | |
| 여름 | 夏天 | yo*.reum | |
| 감기 | 感冒 | gam.gi | |
| 꿈 | 夢 | gum | |
| 교수님 | 教授 | gyo.su.nim | |
| 작품 | 作品 | jak.pum | |
| 땀 | 汗水 | dam | |
| 더블룸 | 雙人房 | do*.beul.lum | |

# 尾音ㅂ

109

| 說明 | 以ㅂ,ㅍ當作終聲時，發「p」的音。 |
| --- | --- |
| 發音方法 | 嘴巴閉起來＋急促音 |

## 由左到右依序念念看

| 母音<br>子音 | ㅏ<br>a | ㅓ<br>o* | ㅗ<br>o | ㅜ<br>u | ㅣ<br>i |
| --- | --- | --- | --- | --- | --- |
| ㄱ<br>k | 갑 | 겁 | 곱 | 굽 | 깁 |
| ㄴ<br>n | 납 | 넙 | 놉 | 눕 | 닙 |
| ㄷ<br>t | 답 | 덥 | 돕 | 둡 | 딥 |
| ㄹ<br>r | 랍 | 럽 | 롭 | 룹 | 립 |
| ㅁ<br>m | 맙 | 멉 | 몹 | 뭅 | 밉 |
| ㅂ<br>p | 밥 | 법 | 봅 | 붑 | 빕 |
| ㅅ<br>s | 삽 | 섭 | 솝 | 숩 | 십 |
| ㅇ<br>X | 압 | 업 | 옵 | 웁 | 입 |

## 請朗讀、練習寫下列單字

110

| 單字 | 中譯 | 拼音 | 練習寫 |
| --- | --- | --- | --- |
| 밥 | 飯 | bap | |
| 수업 | 課程 | su.o*p | |
| 월급 | 月薪 | wol.geup | |
| 삼십 | 三十 | sam.sip | |
| 어둡다 | 黑暗 | o*.dup.da | |
| 지갑 | 錢包 | ji.gap | |
| 잎 | 葉子 | ip | |
| 컵 | 杯子 | ko*p | |
| 무섭다 | 可怕 | mu.so*p.da | |
| 춥다 | 冷 | chup.da | |
| 직업 | 職業 | ji.go*p | |
| 높다 | 高 | nop.da | |

## 尾音ㅇ

111

| 説明 | 以ㅇ當作終聲時，發「ng」的鼻音。 |
| --- | --- |
| 發音方法 | 嘴巴張開＋鼻音 |

### 由左到右依序念念看

| 母音 / 子音 | ㅏ a | ㅓ o* | ㅗ o | ㅜ u | ㅣ i |
| --- | --- | --- | --- | --- | --- |
| ㄱ k | 강 | 겅 | 공 | 궁 | 깅 |
| ㄴ n | 낭 | 넝 | 농 | 눙 | 닝 |
| ㄷ t | 당 | 덩 | 동 | 둥 | 딩 |
| ㄹ r | 랑 | 렁 | 롱 | 룽 | 링 |
| ㅁ m | 망 | 멍 | 몽 | 뭉 | 밍 |
| ㅂ p | 방 | 벙 | 봉 | 붕 | 빙 |
| ㅅ s | 상 | 성 | 송 | 숭 | 싱 |
| ㅇ X | 앙 | 엉 | 옹 | 웅 | 잉 |

## 請朗讀、練習寫下列單字

🎧 112

| 單字 | 中譯 | 拼音 | 練習寫 |
|---|---|---|---|
| 방 | 房間 | bang | |
| 가장 | 最 | ga.jang | |
| 양파 | 洋蔥 | yang.pa | |
| 사장 | 社長 | gong.won | |
| 공원 | 公園 | gong.won | |
| 형 | 哥哥 | hyo*ng | |
| 양식 | 西餐 | yang.sik | |
| 장사 | 生意 | jang.sa | |
| 창문 | 窗戶 | chang.mun | |
| 실망 | 失望 | sil.mang | |
| 상자 | 箱子 | sang.ja | |
| 우롱차 | 烏龍茶 | u.rong.cha | |

# 複合子音當作尾音

113

如果韓文字是以複合子音來當作尾音時，只會發其中一個子音的音，另一個音則不會被發出來。目前被拿來當作尾音的複合子音有ㄳ、ㄺ、ㄵ、ㄶ、ㄼ、ㄽ、ㄾ、ㅀ、ㄻ、ㅄ、ㄿ等，共11個。至於在發音時，該發兩個子音中的哪一個音呢？那就必須把複合子音的發音規則背下來囉！複合子音當作尾音時，其出現的型態如下。

例1

<table>
<tr><td>子音</td><td>母音</td></tr>
<tr><td>子音</td><td>子音</td></tr>
</table>

例2

<table>
<tr><td colspan="2">子音</td></tr>
<tr><td colspan="2">母音</td></tr>
<tr><td>子音</td><td>子音</td></tr>
</table>

## 1. 以ㄳ, ㄺ當作終聲時，發「ㄱ(k)」的音。

| 單字 | 中譯 | 發音 | 練習寫 |
|---|---|---|---|
| 몫<br>mok | 份 | 목 | |
| 맑다<br>mak.da | 晴朗 | 막따 | |
| 닭<br>dak | 雞 | 닥 | |
| 읽다<br>ik.da | 閱讀 | 익따 | |

## 2. 以ㄵ, ㄶ當作終聲時，發「ㄴ(n)」的音。

114

| 單字 | 中譯 | 發音 | 練習寫 |
|---|---|---|---|
| 끊다<br>geun.ta | 中斷 | 끈타 | |
| 앉다<br>an.da | 坐 | 안다 | |
| 많다<br>man.ta | 多 | 만타 | |
| 괜찮다<br>gwe*n.chan.ta | 沒關係 | 괜찬타 | |

## 3. 以ㄼ, ㄽ, ㄾ, ㅀ當作終聲時，發「ㄹ(l)」的音。

| 單字 | 中譯 | 發音 | 練習寫 |
|---|---|---|---|
| 핥다<br>hal.da | 舔 | 할따 | |
| 여덟<br>yo*.do*l | 八 | 여덜 | |
| 잃다<br>il.ta | 丟失 | 일타 | |
| 넓다<br>no*l.da | 寬廣 | 널따 | |
| 외곬<br>we.gol | 單方面 | 외골 | |
| 짧다<br>jjal.da | 短 | 짤따 | |
| ＊밟다<br>bap.da | 踏／踩 | ＊밥따 | |

＊表示例外情況

## 4. 以ㄻ當作終聲時，發「ㅁ(m)」的音。

115

| 單字 | 中譯 | 發音 | 練習寫 |
|---|---|---|---|
| 옮다<br>om.da | 搬 | 옴다 | |
| 삶다<br>sam.da | 煮 | 삼다 | |
| 젊다<br>jo*m.da | 年輕 | 점다 | |
| 닮다<br>dam.da | 像 | 담다 | |
| 굶다<br>gum.da | 飢餓 | 굼다 | |

## 5. 以ㅄ, ㄿ當作終聲時，發「ㅂ(p)」的音。

| 單字 | 中譯 | 發音 | 練習寫 |
|---|---|---|---|
| 값<br>gap | 價錢 | 갑 | |
| 없다<br>o*p.da | 沒有、不在 | 업따 | |
| 읊다<br>eup.da | 吟詠 | 읍따 | |

你一定要會的

基礎 꼭 배워야 하는

꼭 배워야 하는 한국어 기초 발음

韓語40音

꼭 배워야 하는

꼭 배워야 하는
한국어 기초 발음

第八章

# 音變現象

# 韓語音變現象

116

每一個韓文字都有自己固定的發音，但在實際念一整段或一整句的韓語句子時，往往會受到前後韓文字的子音影響而轉成另一個音，這種音變現象通常是韓語學習者最頭痛的問題，雖然音變的情況有很多種，但初學者只需熟記本書所整理出的下列幾種最普遍的音變規則即可。

**1.鼻音化現象　ㄱ+ㄴ→ㅇ+ㄴ**

| 韓文 | 中譯 | 發音 | 簡易拼音 |
| --- | --- | --- | --- |
| 먹는 밥 | 吃得飯 | 멍는 밥 | mo*ng.neun/bap |
| 읽는 책 | 讀得書 | 잉는 책 | ing.neun/che*k |
| 숙녀 | 淑女 | 숭녀 | sung.nyo* |

**2.鼻音化現象　ㄱ+ㅁ→ㅇ+ㅁ**

| 韓文 | 中譯 | 發音 | 簡易拼音 |
| --- | --- | --- | --- |
| 박물관 | 博物館 | 방물관 | bang.mul.gwan |
| 국민 | 國民 | 궁민 | gung.min |
| 부엌문 | 廚房門 | 부엉문 | bu.o*ng.mun |

### 3.鼻音化現象　ㄷ+ㄴ→ㄴ+ㄴ

117

| 韓文 | 中譯 | 發音 | 簡易拼音 |
|---|---|---|---|
| 닫는 문 | 關得門 | 단는 문 | dan.neun/mun |
| 붙는 우표 | 貼得郵票 | 분는 우표 | bun.neun/u.pyo |
| 있는 | 有的 | 인는 | in.neun |

### 4.鼻音化現象　ㄷ+ㅁ→ㄴ+ㅁ

| 韓文 | 中譯 | 發音 | 簡易拼音 |
|---|---|---|---|
| 맏며느리 | 大媳婦 | 만며느리 | man.myo*.neu.ri |
| 잇몸 | 牙齦 | 인몸 | in.mom |
| 홑몸 | 單身 | 혼몸 | hon.mom |

### 5.鼻音化現象　ㅂ+ㄴ→ㅁ+ㄴ

| 韓文 | 中譯 | 發音 | 簡易拼音 |
|---|---|---|---|
| 갑니다 | 去 | 감니다 | gam.ni.da |
| 앞날 | 未來／前景 | 암날 | am.nal |
| 없는 | 没有的 | 엄는 | o*m.neun |

## 6.鼻音化現象　ㅂ+ㅁ→ㅁ+ㅁ

118

| 韓文 | 中譯 | 發音 | 簡易拼音 |
|---|---|---|---|
| 앞문 | 前門 | 암문 | am.mun |
| 밥 먹다 | 吃飯 | 밤먹따 | bam/mo*k.da |
| 십만 | 十萬 | 심만 | sim.man |

## 7.鼻音化現象　ㅁ+ㄹ→ㅁ+ㄴ

| 韓文 | 中譯 | 發音 | 簡易拼音 |
|---|---|---|---|
| 침략 | 侵略 | 침냑 | chim.nyak |
| 음력 | 陰曆 | 음녁 | eum.nyo*k |
| 음료수 | 飲料 | 음뇨수 | eum.nyo.su |

## 8.鼻音化現象　ㅇ+ㄹ→ㅇ+ㄴ

| 韓文 | 中譯 | 發音 | 簡易拼音 |
|---|---|---|---|
| 대통령 | 總統 | 대통녕 | de*.tong.nyo*ng |
| 정리 | 整理 | 정니 | jo*ng.ni |
| 종로 | 鍾路 | 종노 | jong.no |

## 9.鼻音化現象 ㄱ+ㄹ→ㅇ+ㄴ

119

| 韓文 | 中譯 | 發音 | 簡易拼音 |
|---|---|---|---|
| 국력 | 國立 | 궁녁 | gung.nyo*k |
| 독립 | 獨立 | 동닙 | dong.nip |
| 백로 | 白鷺 | 뱅노 | be*ng.no |

## 10.舌音化現象 ㄴ+ㄹ→ㄹ+ㄹ

| 韓文 | 中譯 | 發音 | 簡易拼音 |
|---|---|---|---|
| 연락 | 聯絡 | 열락 | yo*l.lak |
| 논리 | 邏輯 | 놀리 | nol.li |
| 권력 | 權力 | 궐력 | gwol.lyo*k |

## 11.舌音化現象 ㄹ+ㄴ→ㄹ+ㄹ ㄴ+ㄹ→ㄹ+ㄹ

| 韓文 | 中譯 | 發音 | 簡易拼音 |
|---|---|---|---|
| 칼날 | 刀刃 | 칼랄 | kal.lal |
| 설날 | 元旦 | 설랄 | so*l.lal |
| 전라도 | 全羅道 | 절라도 | jo*l.la.do |

## 12.顎音化現象　ㄷ+이→지

🎧 120

| 韓文 | 中譯 | 發音 | 簡易拼音 |
|---|---|---|---|
| 굳이 | 堅決 | 구지 | gu.ji |
| 맏이 | 長子／長女 | 마지 | ma.ji |
| 미닫이 | 推拉門 | 미다지 | mi.da.ji |

## 13.顎音化現象　ㅌ+이→치

| 韓文 | 中譯 | 發音 | 簡易拼音 |
|---|---|---|---|
| 겉이 | 外表 | 거치 | go*.chi |
| 같이 | 一起 | 가치 | ga.chi |
| 붙이다 | 貼黏 | 부치다 | bu.chi.da |

## 14.顎音化現象　ㄷ+히→치

| 韓文 | 中譯 | 發音 | 簡易拼音 |
|---|---|---|---|
| 닫히다 | 被關 | 다치다 | da.chi.da |
| 묻히다 | 埋沒 | 무치다 | mu.chi.da |
| 갇히다 | 被關入 | 가치다 | ga.chi.da |

## 15.氣音化現象 ㄱ+ㅎ→ㅋ ㅎ+ㄱ→ㅋ

121

| 韓文 | 中譯 | 發音 | 簡易拼音 |
|---|---|---|---|
| 축하 | 祝賀 | 추카 | chu.ka |
| 이렇게 | 這樣地 | 이러케 | i.ro*.ke |
| 막히다 | 堵塞 | 마키다 | ma.ki.da |

## 16.氣音化現象 ㄷ+ㅎ→ㅌ ㅎ+ㄷ→ㅌ

| 韓文 | 中譯 | 發音 | 簡易拼音 |
|---|---|---|---|
| 따뜻하다 | 溫暖 | 따뜨타다 | da.deu.ta.da |
| 못해요 | 不會 | 모태요 | mo.te*.yo |
| 많다 | 多 | 만타 | man.ta |

## 17.氣音化現象 ㅂ+ㅎ→ㅍ

| 韓文 | 中譯 | 發音 | 簡易拼音 |
|---|---|---|---|
| 입학 | 入學 | 이팍 | i.pak |
| 십호 | 十號 | 시포 | si.po |
| 밥하고 | 飯和 | 바파고 | ba.pa.go |

## 18.氣音化現象　ㅈ+ㅎ→ㅊ　ㅎ+ㅈ→ㅊ

122

| 韓文 | 中譯 | 發音 | 簡易拼音 |
|---|---|---|---|
| 앉히다 | 讓坐下 | 안치다 | an.chi.da |
| 좋지요 | 好啊 | 조치요 | jo.chi.yo |
| 많지만 | 雖多 | 만치만 | man.chi.man |

## 19.略音化現象　ㅎ+ㅇ→ㅎ不發音

| 韓文 | 中譯 | 發音 | 簡易拼音 |
|---|---|---|---|
| 좋아요 | 好 | 조아요 | jo.a.yo |
| 싫어도 | 即使討厭 | 시러도 | si.ro*.do |
| 놓아요 | 放下 | 노아요 | no.a.yo |

## 20.硬音化現象　ㅎ+ㅅ→ㅆ

| 韓文 | 中譯 | 發音 | 簡易拼音 |
|---|---|---|---|
| 좋습니다 | 好 | 조씁니다 | jo.sseum.ni.da |
| 싫소 | 討厭 | 실쏘 | sil.sso |
| 좋소 | 好 | 조쏘 | jo.sso |

## 21.硬音化現象　ㄱ+ㄱ, ㄷ, ㅂ, ㅅ, ㅈ→ㄱ+ㄲ, ㄸ, ㅃ, ㅆ, ㅉ　123

| 韓文 | 中譯 | 發音 | 簡易拼音 |
|---|---|---|---|
| 작가 | 作家 | 작까 | jak.ga |
| 먹다 | 吃 | 먹따 | mo*k.da |
| 국밥 | 湯飯 | 국빱 | guk.bap |

## 22.硬音化現象　ㄷ+ㄱ, ㄷ, ㅂ, ㅅ, ㅈ→ㄷ+ㄲ, ㄸ, ㅃ, ㅆ, ㅉ

| 韓文 | 中譯 | 發音 | 簡易拼音 |
|---|---|---|---|
| 몇 번 | 幾次 | 면 뻔 | myo*t/bo*n |
| 듣다 | 聽 | 듣따 | deut.da |
| 받지만 | 雖收 | 받찌만 | bat.jji.man |

## 23.硬音化現象　ㅂ+ㄱ, ㄷ, ㅂ, ㅅ, ㅈ→ㅂ+ㄲ, ㄸ, ㅃ, ㅆ, ㅉ

| 韓文 | 中譯 | 發音 | 簡易拼音 |
|---|---|---|---|
| 밥값 | 飯錢 | 밥깝 | bap.gap |
| 잡지 | 雜誌 | 잡찌 | jap.jji |
| 압박 | 壓迫 | 압빡 | ap.bak |

## 連音現象

124

當尾音（終聲）後方遇到母音（即遇到子音ㅇ）時，該尾音會移到後面的ㅇ音節上，與後方韓文字的母音合併為一個音。

例如

| 韓文 | 中譯 | 發音 | 簡易拼音 |
|---|---|---|---|
| 이것이 | 這個 | 이거시 | i.go*.si |
| 그것은 | 那個 | 그거슨 | geu.go*.seun |
| 무엇을 | 什麼 | 무어슬 | mu.o*.seul |
| 들어요 | 聽 | 드러요 | deu.ro*.yo |
| 먹어요 | 吃 | 머거요 | mo*.go*.yo |
| 앉으세요 | 請坐 | 안즈세요 | an.jeu.se.yo |
| 펜이에요 | 是筆 | 페니에요 | pe.ni.e.yo |
| 몇 월 | 幾月 | 며 둴 | myo*/dwol |
| 음악 | 音樂 | 으막 | eu.mak |
| 단어 | 單字 | 다너 | da.no* |
| 저녁에 | 在晚上 | 저녀게 | jo*.nyo*.ge |
| 사람입니다 | 是人 | 사라밈니다 | sa.ra.mim.ni.da |

## 請按照韓語變音、連音規則，試著朗讀下列句子

125

| | |
|---|---|
| 韓文 | 여기는 서울입니다. |
| 實際念法 | 여기는 서우림니다 |
| 簡易拼音 | yo*.gi.neun/so*.u.rim.ni.da |
| 中譯 | 這裡是首爾。 |

| | |
|---|---|
| 韓文 | 이것은 무엇입니까? |
| 實際念法 | 이거슨 무어심니까 |
| 簡易拼音 | i.go*.seun/mu.o*.sim.ni.ga |
| 中譯 | 這是什麼？ |

| | |
|---|---|
| 韓文 | 무엇을 읽습니까? |
| 實際念法 | 무어슬 익씀니까 |
| 簡易拼音 | mu.o*.seul/ik.sseum.ni.ga |
| 中譯 | 你在讀什麼？ |

| | |
|---|---|
| 韓文 | 그것은 내 책이에요. |
| 實際念法 | 그거슨 내 채기에요 |
| 簡易拼音 | geu.go*.seun/ne*/che*.gi.e.yo |
| 中譯 | 那是我的書。 |

| | |
|---|---|
| 韓文 | 뭘 먹었어요? 햄버거를 먹었어요. |
| 實際念法 | 뭘 머거써요 햄버거를 머거써요 |
| 簡易拼音 | mwol/mo*.go*.sso*.yo//he*m.bo*.go*.reul/mo*.go*.sso*.yo |
| 中譯 | 你吃了什麼？我吃了漢堡。 |

## 請按照韓語變音、連音規則，試著朗讀下列句子

| | |
|---|---|
| 韓文 | 도서관에서 책 다섯 권을 빌렸어요. |
| 實際念法 | 도서과네서 책 다섣 궈늘 빌려써요 |
| 簡易拼音 | do.so*.gwa.ne.so*/che*k/da.so*t/gwo.neul/bil.lyo*.sso*.yo |
| 中譯 | 在圖書館借了五本書。 |

| | |
|---|---|
| 韓文 | 지하철역까지 어떻게 가나요? |
| 實際念法 | 지하처력까지 어떠케 가나요 |
| 簡易拼音 | ji.ha.cho*.ryo*k.ga.ji/o*.do*.ke/ga.na.yo |
| 中譯 | 請問地鐵站要怎麼去？ |

| | |
|---|---|
| 韓文 | 여기 지하철 역이 없나요? |
| 實際念法 | 여기 지하철 여기 엄나요 |
| 簡易拼音 | yo*.gi/ji.ha.cho*l/yo*.gi/o*m.na.yo |
| 中譯 | 這裡有地鐵站嗎？ |

| | |
|---|---|
| 韓文 | 다음 역은 무슨 역입니까? |
| 實際念法 | 다음 여근 무슨 여김니까 |
| 簡易拼音 | da.eum/yo*.geun/mu.seun/yo*.gim.ni.ga |
| 中譯 | 下一站是什麼站？ |

| | |
|---|---|
| 韓文 | 내리실 문은 오른쪽입니다. |
| 實際念法 | 내리실 무는 오른쪼깁니다 |
| 簡易拼音 | ne*.ri.sil/mu.neun/o.reun.jjo.gim.ni.da |
| 中譯 | 您下車的門在右邊。 |

## 請按照韓語變音、連音規則，試著朗讀下列句子

127

| | |
|---|---|
| 韓文 | 현재 복용하고 있는 약은 있습니까? |
| 實際念法 | 현재 보공하고 인는 야근 읻씁니까 |
| 簡易拼音 | hyo*n.je*/bo.gyong.ha.go/in.neun/ya.geun/it.sseum.ni.ga |
| 中譯 | 您目前有在服用的藥物嗎？ |

| | |
|---|---|
| 韓文 | 계속 기침이 나요. 그리고 목이 아파요. |
| 實際念法 | 계속 기치미 나요 그리고 모기 아파요 |
| 簡易拼音 | gye.sok/gi.chi.mi/na.yo//geu.ri.go/mo.gi/a.pa.yo |
| 中譯 | 我會一直咳嗽，也會喉嚨痛。 |

| | |
|---|---|
| 韓文 | 물을 많이 마시도록 하세요. |
| 實際念法 | 무를 마니 마시도로 카세요 |
| 簡易拼音 | mu.reul/ma.ni/ma.si.do.rok/ha.se.yo |
| 中譯 | 盡量多喝水。 |

| | |
|---|---|
| 韓文 | 당신은 수술을 받으셔야 합니다. |
| 實際念法 | 당시는 수수를 바드셔야 함니다 |
| 簡易拼音 | dang.si.neun/su.su.reul/ba.deu.syo*.ya/ham.ni.da |
| 中譯 | 你必須要動手術。 |

| | |
|---|---|
| 韓文 | 상태가 상당히 심각합니까? |
| 實際念法 | 상태가 상당히 심가캄니까 |
| 簡易拼音 | sang.te*.ga/sang.dang.hi/sim.ga.kam.ni.ga |
| 中譯 | 狀況很嚴重嗎？ |

## 請按照韓語變音、連音規則，試著朗讀下列句子

| | |
|---|---|
| 韓文 | 이 엽서를 부치고 싶은데요. |
| 實際念法 | 이 엽써를 부치고 시픈데요 |
| 簡易拼音 | i/yo*p.sso*.reul/bu.chi.go/si.peun.de.yo |
| 中譯 | 我想寄這張明信片。 |

| | |
|---|---|
| 韓文 | 가장 가까운 우체국이 어디입니까? |
| 實際念法 | 가장 가까운 우체구기 어디임니까 |
| 簡易拼音 | ga.jang/ga.ga.un/u.che.gu.gi/o*.di.im.ni.ga |
| 中譯 | 最近的郵局在哪裡？ |

| | |
|---|---|
| 韓文 | 여기에 우편번호를 기입해 주세요. |
| 實際念法 | 여기에 우편번호를 기이패 주세요 |
| 簡易拼音 | yo*.gi.e/u.pyo*n.bo*n.ho.reul/gi.i.pe*/ju.se.yo |
| 中譯 | 請在這裡寫上郵政編號。 |

| | |
|---|---|
| 韓文 | 소포의 내용물은 무엇입니까? |
| 實際念法 | 소포에 내용무른 무어심니까 |
| 簡易拼音 | so.po.ui/ne*.yong.mu.reun/mu.o*.sim.ni.ga |
| 中譯 | 包裹的內容物為何？ |

| | |
|---|---|
| 韓文 | 얼마짜리 우표를 붙여야 합니까? |
| 實際念法 | 얼마짜리 우표를 부쳐야 함니까 |
| 簡易拼音 | o*l.ma.jja.ri/u.pyo.reul/bu.cho*.ya/ham.ni.ga |
| 中譯 | 該貼多少錢的郵票？ |

## 請按照韓語變音、連音規則，試著朗讀下列句子 129

| | |
|---|---|
| 韓文 | 여보세요, 누굴 찾으세요? |
| 實際念法 | 여보세요, 누굴 차즈세요 |
| 簡易拼音 | yo*.bo.se.yo//nu.gul/cha.jeu.se.yo |
| 中譯 | 喂，請問找哪位？ |

| | |
|---|---|
| 韓文 | 여보세요, 김선생님 댁이지요? |
| 實際念法 | 여보세요 김선생님 대기지요 |
| 簡易拼音 | yo*.bo.se.yo//gim.so*n.se*ng.nim/de*.gi.ji.yo |
| 中譯 | 喂，是金老師的家嗎？ |

| | |
|---|---|
| 韓文 | 잠시만 기다려 주세요. 연결해 드릴게요. |
| 實際念法 | 잠시만 기다려 주세요 연결해 드릴게요 |
| 簡易拼音 | jam.si.man/gi.da.ryo*/ju.se.yo//yo*n.gyo*l.he*/deu.ril.ge.yo |
| 中譯 | 請稍等，我幫您轉接。 |

| | |
|---|---|
| 韓文 | 무슨 일로 전화하셨나요? |
| 實際念法 | 무슨 일로 전화하셔나요 |
| 簡易拼音 | mu.seun/il.lo/jo*n.hwa.ha.syo*n.na.yo |
| 中譯 | 您因何事來電呢？ |

| | |
|---|---|
| 韓文 | 대만으로 국제전화를 하고 싶은데요. |
| 實際念法 | 대마느로 국쩨전화를 하고 시픈데요 |
| 簡易拼音 | de*.ma.neu.ro/guk.jje.jo*n.hwa.reul/ha.go/si.peun.de.yo |
| 中譯 | 我想打國際電話到台灣。 |

## 請按照韓語變音、連音規則，試著朗讀下列句子

| | |
|---|---|
| 韓文 | 영화 어땠어요? 너무 재미있었어요. |
| 實際念法 | 영화 어때써요? 너무 재미이써써요. |
| 簡易拼音 | yo*ng.hwa/o*.de*.sso*.yo//no*.mu/je*.mi.i.sso*.sso*.yo |
| 中譯 | 電影好看嗎？很好看。 |

| | |
|---|---|
| 韓文 | 이 영화 전에 본 적이 있어요. |
| 實際念法 | 이 영화 저네 본 저기 이써요 |
| 簡易拼音 | i/yo*ng.hwa/jo*.ne/bon/jo*.gi/i.sso*.yo |
| 中譯 | 之前我有看過這部電影。 |

| | |
|---|---|
| 韓文 | 최근에 무슨 좋은 영화가 있나요? |
| 實際念法 | 최그네 무슨 조은 영화가 인나요 |
| 簡易拼音 | chwe.geu.ne/mu.seun/jo.eun/yo*ng.hwa.ga/in.na.yo |
| 中譯 | 最近有什麼好看的電影嗎？ |

| | |
|---|---|
| 韓文 | 전 코미디 영화를 많이 봐요. |
| 實際念法 | 전 코미디 영화를 마니 봐요 |
| 簡易拼音 | jo*n/ko.mi.di/yo*ng.hwa.reul/ma.ni/bwa.yo |
| 中譯 | 我大多是看喜劇片。 |

| | |
|---|---|
| 韓文 | 우리 영화 보러 가자. 보고 싶은 영화 있어? |
| 實際念法 | 우리 영화 보러 가자 보고 시픈 영화 이써 |
| 簡易拼音 | u.ri/yo*ng.hwa/bo.ro*/ga.ja//bo.go/si.peun/yo*ng.hwa/i.sso* |
| 中譯 | 我們一起去看電影吧。你有想看的電影嗎？ |

## 請按照韓語變音、連音規則，試著朗讀下列句子 131

| | |
|---|---|
| 韓文 | 저는 김태희입니다. 한국 사람입니다. |
| 實際念法 | 저는 김태히임니다 한국 사라밈니다 |
| 簡易拼音 | jo*.neun/gim.te*.hi.im.ni.da//han.guk/sa.ra.mim.ni.da |
| 中譯 | 我是金泰熙，是韓國人。 |

| | |
|---|---|
| 韓文 | 한국에 온 지 일년이 됐습니다. |
| 實際念法 | 한구게 온 지 일려니 됃씀니다 |
| 簡易拼音 | han.gu.ge/on/ji/il.lyo*.ni/dwe*t.sseum.ni.da |
| 中譯 | 我來韓國已經一年了。 |

| | |
|---|---|
| 韓文 | 가족은 몇 분이나 됩니까? 네 명입니다. |
| 實際念法 | 가조근 멷 부니나 됨니까 네 명임니다 |
| 簡易拼音 | ga.jo.geun/myo*t/bu.ni.na/dwem.ni.ga//ne/myo*ng.im.ni.da |
| 中譯 | 你家有幾個人？我家有四個人。 |

| | |
|---|---|
| 韓文 | 집이 서울에 있습니다. 저는 혼자서 살아요. |
| 實際念法 | 지비 서우레 읻씀니다 저는 혼자서 사라요 |
| 簡易拼音 | ji.bi/so*.u.re/it.sseum.ni.da//jo*.neun/hon.ja.so*/sa.ra.yo |
| 中譯 | 我的家在首爾，我一個人住。 |

| | |
|---|---|
| 韓文 | 언니가 둘 있는데 오빠는 없습니다. |
| 實際念法 | 언니가 둘 인는데 오빠는 업씀니다 |
| 簡易拼音 | o*n.ni.ga/dul/in.neun.de/o.ba.neun/o*p.sseum.ni.da |
| 中譯 | 我有兩個姐姐，沒有哥哥。 |

## 請按照韓語變音、連音規則，試著朗讀下列句子

132

| | |
|---|---|
| 韓文 | 일기예보에서는 내일 비가 내릴 거라고 했어요. |
| 實際念法 | 일기예보에서는 내일 비가 내릴 거라고 해써요 |
| 簡易拼音 | il.gi.ye.bo.e.so*.neun/ne*.il/bi.ga/ne*.ril/go*.ra.go/he*.sso*.yo |
| 中譯 | 天氣預報說明天會下雨。 |

| | |
|---|---|
| 韓文 | 오늘은 날씨가 매우 좋습니다. |
| 實際念法 | 오느른 날씨가 매우 조씀니다 |
| 簡易拼音 | o.neu.reun/nal.ssi.ga/me*.u/jo.sseum.ni.da |
| 中譯 | 今天天氣非常好。 |

| | |
|---|---|
| 韓文 | 날씨가 따뜻해지기 시작했습니다. |
| 實際念法 | 날씨가 따뜨태지기 시자캗씀니다 |
| 簡易拼音 | nal.ssi.ga/da.deu.te*.ji.gi/si.ja.ke*t.sseum.ni.da |
| 中譯 | 天氣開始變溫暖了。 |

| | |
|---|---|
| 韓文 | 날씨가 맑아요. 오늘은 별로 춥지 않아요. |
| 實際念法 | 날씨가 말가요 오느른 별로 춥찌 아나요 |
| 簡易拼音 | nal.ssi.ga/mal.ga.yo//o.neu.reun/byo*l.lo/chup.jji/a.na.yo |
| 中譯 | 天氣晴朗。今天不怎麼冷。 |

| | |
|---|---|
| 韓文 | 빨리 비가 그치면 좋겠어요. |
| 實際念法 | 빨리 비가 그치면 조케써요 |
| 簡易拼音 | bal.li/bi.ga/geu.chi.myo*n/jo.ke.sso*.yo |
| 中譯 | 希望雨快點停。 |

## 請按照韓語變音、連音規則，試著朗讀下列句子

133

| | |
|---|---|
| 韓文 | 이번 토요일에 무슨 계획이 있어요? |
| 實際念法 | 이번 토요이레 무슨 계회기 이써요 |
| 簡易拼音 | i.bo*n/to.yo.i.re/mu.seun/gye.hwe.gi/i.sso*.yo |
| 中譯 | 這星期六你有什麼計劃嗎？ |

| | |
|---|---|
| 韓文 | 생각할 시간을 좀 주시겠어요? |
| 實際念法 | 생가칼 씨가늘 좀 주시게써요 |
| 簡易拼音 | se*ng.ga.kal/ssi.ga.neul/jjom/ju.si.ge.sso*.yo |
| 中譯 | 可以給我點時間考慮嗎？ |

| | |
|---|---|
| 韓文 | 들어와서 편히 앉으십시오. |
| 實際念法 | 드러와서 펴니 안즈십씨오 |
| 簡易拼音 | deu.ro*.wa.so*/pyo*n.hi/an.jeu.sip.ssi.o |
| 中譯 | 進來隨便坐。 |

| | |
|---|---|
| 韓文 | 오늘은 몇 월 며칠입니까? |
| 實際念法 | 오느른 며 뒬 며치림니까 |
| 簡易拼音 | o.neu.reun/myo*t/wol/myo*.chi.rim.ni.ga |
| 中譯 | 今天幾月幾號？ |

| | |
|---|---|
| 韓文 | 다음 주 수요일이 며칠인가요? |
| 實際念法 | 다음 주 수요이리 며치린가요 |
| 簡易拼音 | da.eum/ju/su.yo.i.ri/myo*.chi.rin.ga.yo |
| 中譯 | 下星期三是幾號？ |

## 請按照韓語變音、連音規則，試著朗讀下列句子

| | |
|---|---|
| 韓文 | 한 가지 물어봐도 됩니까? |
| 實際念法 | 한 가지 무러봐도 됨니까 |
| 簡易拼音 | han/ga.ji/mu.ro*.bwa.do/dwem.ni.ga |
| 中譯 | 我可以問個問題嗎？ |

| | |
|---|---|
| 韓文 | 죄송합니다. 저도 잘 모르겠어요. |
| 實際念法 | 죄송함니다. 저도 잘 모르게써요 |
| 簡易拼音 | jwe.song.ham.ni.da//jo*.do/jal/mo.reu.ge.sso*.yo |
| 中譯 | 對不起，我也不清楚。 |

| | |
|---|---|
| 韓文 | 누구를 닮아서 그렇게 예뻐요? |
| 實際念法 | 누구를 달마서 그러케 예뻐요 |
| 簡易拼音 | nu.gu.reul/dal.ma.so*/geu.ro*.ke/ye.bo*.yo |
| 中譯 | 你是長得像誰，那麼漂亮？ |

| | |
|---|---|
| 韓文 | 한국어 발음이 아주 좋으시군요. |
| 實際念法 | 한구거 바르미 아주 조으시구뇨 |
| 簡易拼音 | han.gu.go*/ba.reu.mi/a.ju/jo.eu.si.gu.nyo |
| 中譯 | 你韓語發音真好。 |

| | |
|---|---|
| 韓文 | 생일 축하합니다. 고맙습니다. |
| 實際念法 | 생일 추카함니다 고맙씀니다 |
| 簡易拼音 | se*ng.il/chu.ka.ham.ni.da//go.map.sseum.ni.da |
| 中譯 | 生日快樂！謝謝。 |

## 請按照韓語變音、連音規則，試著朗讀下列句子

135

韓文　승진했다고 들었어요. 축하드립니다.
實際念法　승진핻따고 드러써요. 추카드림니다
簡易拼音　seung.jin.he*t.da.go/deu.ro*.sso*.yo//chu.ka.deu.rim.ni.da
中譯　聽說你升職了，恭喜你。

韓文　부디 건강하시고 행복하세요.
實際念法　부디 건강하시고 행보카세요
簡易拼音　bu.di/go*n.gang.ha.si.go/he*ng.bo.ka.se.yo
中譯　祝您幸福健康。

韓文　모든 소원이 이루어지기를 바랍니다.
實際念法　모든 소워니 이루어지기를 바람니다
簡易拼音　mo.deun/so.wo.ni/i.ru.o*.ji.gi.reul/ba.ram.ni.da
中譯　祝您願望都能實現。

韓文　계속 일자리를 찾지 못해서 너무 속상합니다.
實際念法　계속 일자리를 찯찌 모태서 너무 속쌍함니다
簡易拼音　gye.sok/il.ja.ri.reul/chat.jji/mo.te*.so*/no*.mu/sok.ssang.ham.ni.da
中譯　一直找不到工作，真傷心。

韓文　한 가지 부탁할 일이 있습니다.
實際念法　한 가지 부타칼 이리 읻씀니다
簡易拼音　han/ga.ji/bu.ta.kal/i.ri/it.sseum.ni.da
中譯　有件事情，想拜託您。

## 請按照韓語變音、連音規則，試著朗讀下列句子

| | |
|---|---|
| 韓文 | 이런 말도 믿다니 너도 바보구나. |
| 實際念法 | 이런 말도 믿따니 너도 바보구나 |
| 簡易拼音 | i.ro*n/mal.do/mit.da.ni/no*.do/ba.bo.gu.na |
| 中譯 | 連這種話你也信，你也是笨蛋啊！ |

| | |
|---|---|
| 韓文 | 더 이상 너를 보고 싶지 않아. |
| 實際念法 | 더 이상 너를 보고 십찌 아나 |
| 簡易拼音 | do*/i.sang/no*.reul/bo.go/sip.jji/a.na |
| 中譯 | 再也不想看到你。 |

| | |
|---|---|
| 韓文 | 말이 좀 지나치시네요. |
| 實際念法 | 마리 좀 지나치시네요 |
| 簡易拼音 | ma.ri/jom/ji.na.chi.si.ne.yo |
| 中譯 | 你的話太過分了！ |

| | |
|---|---|
| 韓文 | 참는 것도 한도가 있어요. |
| 實際念法 | 참는 걷또 한도가 이써요 |
| 簡易拼音 | cham.neun/go*t.do/han.do.ga/i.sso*.yo |
| 中譯 | 我忍耐也是有極限的。 |

| | |
|---|---|
| 韓文 | 그 사람을 생각하면 진짜 기가 막혀요. |
| 實際念法 | 그 사라믈 생가카면 진짜 기가 마켜요 |
| 簡易拼音 | geu/sa.ra.meul/sse*ng.ga.ka.myo*n/jin.jja/gi.ga/ma.kyo*.yo |
| 中譯 | 一想到他，就火大。 |

## 請按照韓語變音、連音規則，試著朗讀下列句子

| | |
|---|---|
| 韓文 | 이번 휴가 때에 무슨 계획이 있으세요? |
| 實際念法 | 이번 휴가 때에 무슨 계회기 이쓰세요 |
| 簡易拼音 | i.bo*n/hyu.ga/de*.e/mu.seun/gye.hwe.gi/i.sseu.se.yo |
| 中譯 | 這次的休假你有什麼計畫？ |

| | |
|---|---|
| 韓文 | 이번 여름에는 꼭 여행을 가고 싶어요. |
| 實際念法 | 이번 여르메는 꼭 여행을 가고 시퍼요 |
| 簡易拼音 | i.bo*n/yo*.reu.me.neun/gok/yo*.he*ng.eul/ga.go/si.po*.yo |
| 中譯 | 這個夏天我一定要去旅行。 |

| | |
|---|---|
| 韓文 | 한국에 여행을 가면 선물 좀 부탁해요. |
| 實際念法 | 한구게 여행을 가면 선물 좀 부타캐요 |
| 簡易拼音 | han.gu.ge/yo*.he*ng.eul/ga.myo*n/so*n.mul/jom/bu.ta.ke*.yo |
| 中譯 | 你去韓國旅行的話，要買禮物給我喔！ |

| | |
|---|---|
| 韓文 | 아직 결정하지 않았는데 한국 여행을 갈 생각입니다. |
| 實際念法 | 아직 결정하지 아난는데 한국 여행을 갈 생가깁니다 |
| 簡易拼音 | a.jik/gyo*l.jo*ng.ha.ji/a.nan.neun.de/han.guk/yo*.he*ng.eul/gal/sse*ng.ga.gim.ni.da |
| 中譯 | 還沒有決定，但有打算去韓國旅行。 |

| | |
|---|---|
| 韓文 | 가방은 좌석 밑에 넣어 주세요. |
| 實際念法 | 가방은 좌석 미테 너어 주세요 |
| 簡易拼音 | ga.bang.eun/jwa.so*k/mi.te/no*.o*/ju.se.yo |
| 中譯 | 請將包包放入坐位底下。 |

## 請按照韓語變音、連音規則，試著朗讀下列句子

| | |
|---|---|
| 韓文 | 닭고기로 하시겠습니까? 소고기로 하시겠습니까? |
| 實際念法 | 닥꼬기로 하시겐씀니까 소고기로 하시겐씀니까 |
| 簡易拼音 | dak.go.gi.ro/ha.si.get.sseum.ni.ga//so.go.gi.ro/ha.si.get.sseum.ni.ga |
| 中譯 | 您要雞肉還是牛肉？ |

| | |
|---|---|
| 韓文 | 방문 목적이 무엇입니까? |
| 實際念法 | 방문 목쩌기 무어심니까 |
| 簡易拼音 | bang.mun/mok.jjo*.gi/mu.o*.sim.ni.ga |
| 中譯 | 你來這裡的目的是什麼？ |

| | |
|---|---|
| 韓文 | 미안하지만 알아 들을 수 없습니다. |
| 實際念法 | 미안하지만 아라 드를 쑤 업씀니다 |
| 簡易拼音 | mi.an.ha.ji.man/a.ra/deu.reul/ssu/o*p.sseum.ni.da |
| 中譯 | 對不起，我聽不懂。 |

| | |
|---|---|
| 韓文 | 아직 정하지 못했습니다. |
| 實際念法 | 아직 정하지 모탣씀니다 |
| 簡易拼音 | a.jik/jo*ng.ha.ji/mo.te*t.sseum.ni.da |
| 中譯 | 我還沒有決定好。 |

| | |
|---|---|
| 韓文 | 이건 밖으로 가지고 가실 수 없습니다. |
| 實際念法 | 이건 바끄로 가지고 가실 수 업씀니다 |
| 簡易拼音 | i.go*n/ba.geu.ro/ga.ji.go/ga.sil/su/o*p.sseum.ni.da |
| 中譯 | 這個不可以帶出去外面。 |

## 請按照韓語變音、連音規則，試著朗讀下列句子 139

| | |
|---|---|
| 韓文 | 어디에서 돈을 바꿀 수 있습니까? |
| 實際念法 | 어디에서 도늘 바꿀 수 읻씀니까 |
| 簡易拼音 | o*.di.e.so*/do.neul/ba.gul/su/it.sseum.ni.ga |
| 中譯 | 哪裡可以換錢呢？ |

| | |
|---|---|
| 韓文 | 공항 안에 있는 환전소는 거의 다 환율이 좋지 않아요. |
| 實際念法 | 공항 아네 인는 환전소는 거의 다 화뉴리 조치 아나요 |
| 簡易拼音 | gong.hang/a.ne/in.neun/hwan.jo*n.so.neun/go*.ui/da/hwa.nyu.ri/jo.chi//a.na.yo |
| 中譯 | 機場裡的換錢所幾乎匯率不太好。 |

| | |
|---|---|
| 韓文 | 명동 근처의 호텔을 예약해 주세요. |
| 實際念法 | 명동 근처에 호테를 예야캐 주세요 |
| 簡易拼音 | myo*ng.dong/geun.cho*.ui/ho.te.reul/ye.ya.ke*/ju.se.yo |
| 中譯 | 請幫我訂明洞附近的飯店。 |

| | |
|---|---|
| 韓文 | 체크아웃 시간이 몇 시죠? |
| 實際念法 | 체크아욷 시가니 멷 씨죠 |
| 簡易拼音 | che.keu.a.ut/si.ga.ni/myo*t/si.jyo |
| 中譯 | 退房的時間是幾點？ |

| | |
|---|---|
| 韓文 | 성함을 알려 주시겠어요? 제 이름은 장나라입니다. |
| 實際念法 | 성하믈 알려 주시게써요 제 이르믄 장나라임니다 |
| 簡易拼音 | so*ng.ha.meul/al.lyo*/ju.si.ge.sso*.yo//je/i.reu.meun/jang.na.ra.im.ni.da |
| 中譯 | 請問您尊姓大名？我的名字是張娜拉。 |

## 請按照韓語變音、連音規則，試著朗讀下列句子 140

| | |
|---|---|
| 韓文 | 값이 싼 방이 좋겠습니다. |
| 實際念法 | 갑씨 싼 방이 조켄씀니다 |
| 簡易拼音 | gap.ssi/ssan/bang.i/jo.ket.sseum.ni.da |
| 中譯 | 我希望是價格便宜的房間。 |

| | |
|---|---|
| 韓文 | 오래 묵으면 할인이 됩니까? |
| 實際念法 | 오래 무그면 하리니 됨니까 |
| 簡易拼音 | o.re*/mu.geu.myo*n/ha.ri.ni/dwem.ni.ga |
| 中譯 | 住久一點有打折嗎？ |

| | |
|---|---|
| 韓文 | 마실 것 좀 주시겠어요? |
| 實際念法 | 마실 걷 좀 주시게써요 |
| 簡易拼音 | ma.sil/go*t/jom/ju.si.ge.sso*.yo |
| 中譯 | 可以給我喝的嗎？ |

| | |
|---|---|
| 韓文 | 좀 더 넓은 방으로 바꿀 수 있습니까? |
| 實際念法 | 좀 더 널븐 방으로 바꿀 수 읻씀니까 |
| 簡易拼音 | jom/do*/no*p.eun/bang.eu.ro/ba.gul/su/it.sseum.ni.ga |
| 中譯 | 我可以換到更大一點的房間嗎？ |

| | |
|---|---|
| 韓文 | 버스를 갈아타야 합니까? |
| 實際念法 | 버스를 가라타야 함니까 |
| 簡易拼音 | bo*.seu.reul/ga.ra.ta.ya/ham.ni.ga |
| 中譯 | 需要換乘公車嗎？ |

## 請按照韓語變音、連音規則，試著朗讀下列句子

141

| | |
|---|---|
| 韓文 | 박물관으로 나가는 출구는 어디인가요? |
| 實際念法 | 방물과느로 나가는 출구는 어디인가요 |
| 簡易拼音 | bang.mul.gwa.neu.ro/na.ga.neun/chul.gu.neun/o*.di.in.ga.yo |
| 中譯 | 往博物館方向的出口在哪裡？ |

| | |
|---|---|
| 韓文 | 내릴 역을 지나쳤어요. |
| 實際念法 | 내릴 여글 지나쳐써요 |
| 簡易拼音 | ne*.ril/yo*.geul/jji.na.cho*.sso*.yo |
| 中譯 | 我坐過站了。 |

| | |
|---|---|
| 韓文 | 동물원으로 가는 길을 알려 주시겠습니까? |
| 實際念法 | 동무뤄느로 가는 기를 알려 주시겓씀니까 |
| 簡易拼音 | dong.mu.rwo.neu.ro/ga.neun/gi.reul/al.lyo*/ju.si.get.sseum.ni.ga |
| 中譯 | 可以告訴我怎麼去動物園嗎？ |

| | |
|---|---|
| 韓文 | 경찰에게 물어 보시는 편이 좋겠습니다. |
| 實際念法 | 경차레게 무러 보시는 펴니 조켇씀니다 |
| 簡易拼音 | gyo*ng.cha.re.ge/mu.ro*/bo.si.neun/pyo*.ni/jo.ket.sseum.ni.da |
| 中譯 | 你去問警察比較清楚。 |

| | |
|---|---|
| 韓文 | 근처에 싸고 맛있는 레스토랑이 있습니까? |
| 實際念法 | 근처에 싸고 마신는 레스토랑이 읻씀니까 |
| 簡易拼音 | geun.cho*.e/ssa.go/ma.sin.neun/re.seu.to.rang.i/it.sseum.ni.ga |
| 中譯 | 附近有便宜又好吃的餐廳嗎？ |

## 請按照韓語變音、連音規則，試著朗讀下列句子

142

| | |
|---|---|
| 韓文 | 어떤 음악을 좋아하세요? |
| 實際念法 | 어떤 으마글 조아하세요 |
| 簡易拼音 | o*.do*n/eu.ma.geul/jjo.a.ha.se.yo |
| 中譯 | 你喜歡哪種音樂？ |

| | |
|---|---|
| 韓文 | 오늘 밤에 좌석을 예약하고 싶습니다. |
| 實際念法 | 오늘 바메 좌서글 예야카고 십씀니다 |
| 簡易拼音 | o.neul/ba.me/jwa.so*.geul/ye.ya.ka.go/sip.sseum.ni.da |
| 中譯 | 我想訂今天晚上的位子。 |

| | |
|---|---|
| 韓文 | 기다려셔야 합니다. 괜찮으시겠습니까? |
| 實際念法 | 기다려셔야 함니다 괜차느시겓씀니까 |
| 簡易拼音 | gi.da.ryo*.syo*.ya/ham.ni.da//gwe*n.cha.neu.si.get.sseum.ni.ga |
| 中譯 | 您必須等一會，可以嗎？ |

| | |
|---|---|
| 韓文 | 이것은 무슨 뜻입니까? |
| 實際念法 | 이거슨 무슨 뜨심니까 |
| 簡易拼音 | i.go*.seun/mu.seun/deu.sim.ni.ga |
| 中譯 | 這是什麼意思？ |

| | |
|---|---|
| 韓文 | 메뉴판을 다시 갖다 주시겠어요? |
| 實際念法 | 메뉴파늘 다시 갇따 주시게써요 |
| 簡易拼音 | me.nyu.pa.neul/da.si/gat.da/ju.si.ge.sso*.yo |
| 中譯 | 菜單可以再給我看一下嗎？ |

## 請按照韓語變音、連音規則，試著朗讀下列句子

韓文　더 주문하실 것이 있습니까?
實際念法　더 주문하실 거시 읻씀니까
簡易拼音　do*/ju.mun.ha.sil/go*.si/it.sseum.ni.ga
中譯　您還有其他要點的嗎？

韓文　고추를 넣지 말고 요리해 주세요.
實際念法　고추를 너치 말고 요리해 주세요
簡易拼音　go.chu.reul/no*.chi/mal.go/yo.ri.he*/ju.se.yo
中譯　料理時請不要放辣椒。

韓文　너무 맵지 않게 해 주세요.
實際念法　너무 맵찌 안케 해 주세요
簡易拼音　no*.mu/me*p.jji/an.ke/he*/ju.se.yo
中譯　請不要煮得太辣。

韓文　스테이크를 중간 정도 익힌 것으로 주세요.
實際念法　스테이크를 중간 정도 이킨 거스로 주세요
簡易拼音　seu.te.i.keu.reul/jjung.gan/jo*ng.do/i.kin/go*.seu.ro/ju.se.yo
中譯　牛排我要五分熟。

韓文　저는 생선을 못 먹습니다.
實際念法　저는 생서늘 몬 먹씀니다
簡易拼音　jo*.neun/se*ng.so*.neul/mon/mo*k.sseum.ni.da
中譯　我不敢吃魚。

# 略音規則1

144

連續出現兩次同樣的母音時，其中一個母音會被省略，兩個字會結合再一起。

例子一 ㅏ+ㅏ

끝나다 + 았→끝나 + 았→끝났

| | |
|---|---|
| 韓文 | 기말 시험이 다 끝났어요? |
| 實際念法 | 기말 시허미 다 끈나써요 |
| 簡易拼音 | gi.mal/ssi.ho*.mi/da/geun.na.sso*.yo |
| 中譯 | 期末考都結束了嗎？ |

例子二 ㅏ+ㅏ

자다 + 아서→자 + 아서→자서

| | |
|---|---|
| 韓文 | 어제 너무 늦게 자서 졸려요. |
| 實際念法 | 어제 너무 늗께 자서 졸려요 |
| 簡易拼音 | o*.je/no*.mu/neut.ge/ja.so*/jol.lyo*.yo |
| 中譯 | 昨天太晚睡，所以很想睡覺。 |

例子三 ㅏ+ㅏ

가다 + 았→가 + 았→갔

| | |
|---|---|
| 韓文 | 어디에 갔었어요? |
| 實際念法 | 어디에 가써써요 |
| 簡易拼音 | o*.di.e/ga.sso*.sso*.yo |
| 中譯 | 你去哪裡了？ |

例子四　ㅏ+ㅏ

사다 + 아서→사 + 아서→사서

| | |
|---|---|
| 韓文 | 저는 라면을 사서 끓여먹었어요. |
| 實際念法 | 저는 라며늘 사서 끄려머거써요 |
| 簡易拼音 | jo*.neun/ra.myo*.neul/sa.so*/geu.ryo*.mo*.go*.sso*.yo |
| 中譯 | 我買泡麵煮來吃了。 |

例子五　ㅓ+ㅓ

서다 + 어서→서 + 어서→서서

| | |
|---|---|
| 韓文 | 사람들이 줄을 서서 버스를 기다립니다. |
| 實際念法 | 사람드리 주를 서서 버스를 기다림니다 |
| 簡易拼音 | sa.ram.deu.ri/ju.reul/sso*.so*/bo*.seu.reul/gi.da.rim.ni.da |
| 中譯 | 人們排隊等公車。 |

例子六　ㅓ+ㅓ

서다 + 었→서 + 었→섰

| | |
|---|---|
| 韓文 | 우리 아이가 처음으로 혼자 섰어요. |
| 實際念法 | 우리 아이가 처으므로 혼자 서써요 |
| 簡易拼音 | u.ri/a.i.ga/cho*.eu.meu.ro/hon.ja/so*.sso*.yo |
| 中譯 | 我們孩子第一次自己站了起來。 |

## 略音規則2

146

當母音「ㅡ」的後方出現ㅓ或ㅏ的母音時，母音「ㅡ」的音會脫落。

例子一　ㅡ+ㅓ

크다 + 어서→ㅋ + 어서→커서

| | |
|---|---|
| 韓文 | 룸이 생각했던 것보다 훨씬 커서 좋아요. |
| 實際念法 | 루미 생가캤떤 걷뽀다 훨씬 커서 조아요 |
| 簡易拼音 | ru.mi/se*ng.ga.ke*t.do*n/go*t.bo.da/hwol.ssin/ko*.so*/jo.a.yo |
| 中譯 | 房間比我想像得還大，我很喜歡。 |

例子二　ㅡ+ㅓ

뜨다 + 어서→ㄸ + 어서→떠서

| | |
|---|---|
| 韓文 | 해가 동쪽에서 떠서 서쪽으로 지나요? |
| 實際念法 | 해가 동쪼게서 떠서 서쪼그로 지나요 |
| 簡易拼音 | he*.ga/dong.jjo.ge.so*/do*.so*/so*.jjo.geu.ro/ji.na.yo |
| 中譯 | 太陽從東邊升起西邊落下嗎？ |

例子三　ㅡ+ㅓ

쓰다 + 었→ㅆ + 었→썼

| | |
|---|---|
| 韓文 | 드디어 졸업 논문을 다 썼습니다. |
| 實際念法 | 드디어 조럽 논무늘 다 썯씀니다 |
| 簡易拼音 | deu.di.o*/jo.ro*p/non.mu.neul/da/sso*t.sseum.ni.da |
| 中譯 | 終於把畢業論文都寫完了。 |

例子四　ㅡ+ㅓ

끄다 + 어도→ㄲ + 어도→꺼도

| | |
|---|---|
| 韓文 | 휴대폰을 꺼도 알람이 울리네요. |
| 實際念法 | 휴대포늘 꺼도 알라미 울리네요 |
| 簡易拼音 | hyu.de*.po.neul/go*.do/al.la.mi/ul.li.ne.yo |
| 中譯 | 即使把手機關機，鬧鐘也會響。 |

例子五　ㅡ+ㅓ

예쁘다 + 어요→예ㅃ + 어요→예뻐요

| | |
|---|---|
| 韓文 | 여기서 일하는 아르바이트생이 참 예뻐요. |
| 實際念法 | 여기서 일하는 아르바이트생이 참 예뻐요. |
| 簡易拼音 | yo*.gi.so*/il.ha.neun/a.reu.ba.i.teu.se*ng.i/cham/ye.bo*.yo |
| 中譯 | 在這裡工作的工讀生很漂亮。 |

例子六　ㅡ+ㅏ

바쁘다 + 아요→바ㅃ + 아요→바빠요

| | |
|---|---|
| 韓文 | 요즘 바빠요? 네, 많이 바빠요. |
| 實際念法 | 요즘 바빠요 네 마니 바빠요 |
| 簡易拼音 | yo.jeum/ba.ba.yo//ne//ma.ni/ba.ba.yo |
| 中譯 | 你最近忙嗎？是的，很忙。 |

# 略音規則3

148

當母音「ㅐ」、「ㅔ」的後方出現ㅓ的母音時，「ㅓ」的音會脫落。

例子一　ㅔ + ㅓ

세다 + 어도→세 + 도→세도

| | |
|---|---|
| 韓文 | 아무리 힘이 세도 그것은 못해요. |
| 實際念法 | 아무리 히미 세도 그거슨 모태요 |
| 簡易拼音 | a.mu.ri/hi.mi/se.do/geu.go*.seun/mo.te*.yo |
| 中譯 | 不管力量多大，那件事還是做不來。 |

例子二　ㅔ + ㅓ

베다 + 었→베 + 었→벴

| | |
|---|---|
| 韓文 | 연필을 깎다가 손을 벴습니다. |
| 實際念法 | 연피를 깍따가 소늘 벧씀니다 |
| 簡易拼音 | yo*n.pi.reul/gak.da.ga/so.neul/bet.sseum.ni.da |
| 中譯 | 削鉛筆時，割到手了。 |

例子三　ㅔ + ㅓ

메다 + 었→메 + 었→멨

| | |
|---|---|
| 韓文 | 동생이 내가 사 준 가방을 멨어요. |
| 實際念法 | 동생이 내가 사 준 가방을 메써요 |
| 簡易拼音 | dong.se*ng.i/ne*.ga/sa/jun/ga.bang.eul/me.sso*.yo |
| 中譯 | 弟弟背了我買給他的包包。 |

例子四　ㅐ + ㅓ

개다 + 었→개 + 었→갰

| | |
|---|---|
| 韓文 | 드디어 날이 갰습니다. |
| 實際念法 | 드디어 나리 갣씀니다 |
| 簡易拼音 | deu.di.o*/na.ri/ge*t.sseum.ni.da |
| 中譯 | 終於天氣放晴了。 |

例子五　ㅐ + ㅓ

매다 + 어도→매 + 도→매도

| | |
|---|---|
| 韓文 | 결혼식에 검정 넥타이를 매도 되나요? |
| 實際念法 | 결혼시게 검정 넥타이를 매도 되나요 |
| 簡易拼音 | gyo*l.hon.si.ge/go*m.jo*ng/nek.ta.i.reul/me*.do/dwe.na.yo |
| 中譯 | 可以系黑色領帶參加結婚典禮嗎？ |

例子六　ㅐ + ㅓ

내다 + 었→내 + 었→냈

| | |
|---|---|
| 韓文 | 그 돈을 제가 다 냈잖아요. |
| 實際念法 | 그 도늘 제가 다 낻짜나요 |
| 簡易拼音 | geu/do.neul/jje.ga/da/ne*t.jja.na.yo |
| 中譯 | 那些錢我全都付了不是？ |

你一定要會的

基礎韓語40音

꼭 배워야 하는

꼭 배워야 하는 한국어 기초 발음

꼭 배워야 하는

꼭 배워야 하는
한국어 기초 발음

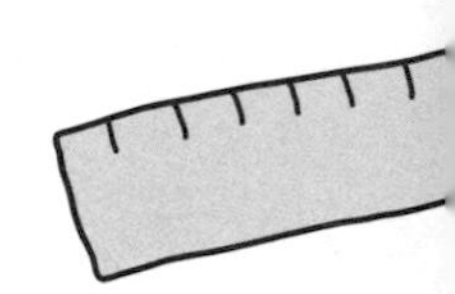

第九章

# TOPIK初級
# 必備單字

엄마 아이 카드 사자 까마귀 아빠

# ㄱ

150

| | | |
|---|---|---|
| 가게 | ga.ge | 【名】店鋪 |
| 가격 | ga.gyo*k | 【名】價格 |
| 가구 | ga.gu | 【名】傢俱 |
| 가깝다 | ga.gap.da | 【形】近、不遠 |
| 가끔 | ga.geum | 【副】偶爾、有時 |
| 가다 | ga.da | 【動】去 |
| 가르치다 | ga.reu.chi.da | 【動】教導 |
| 가방 | ga.bang | 【名】包包 |
| 가볍다 | ga.byo*p.da | 【形】輕、不重 |
| 가수 | ga.su | 【名】歌手 |

151

| 가슴 | ga.seum | 【名】心、胸部 |
|---|---|---|
| 가요 | ga.yo | 【名】歌曲、歌謠 |
| 가운데 | ga.un.de | 【名】中央、中間 |
| 가위 | ga.wi | 【名】剪刀 |
| 가을 | ga.eul | 【名】秋天 |
| 가장 | ga.jang | 【副】最 |
| 가져가다 | ga.jo*.ga.da | 【動】拿走 |
| 가져오다 | ga.jo*.o.da | 【動】拿來 |
| 가족 | ga.jok | 【名】家族、家庭成員 |
| 가지다 | ga.ji.da | 【動】拿、擁有 |

ㄱ

152

| | | |
|---|---|---|
| 각 | gak | 【冠】各、每、各個 |
| 간단하다 | gan.dan.ha.da | 【形】簡單 |
| 간식 | gan.sik | 【名】零食、甜點 |
| 간장 | gan.jang | 【名】醬油 |
| 간호사 | gan.ho.sa | 【名】護士 |
| 갈비 | gal.bi | 【名】排骨 |
| 갈아타다 | ga.ra.ta.da | 【動】換乘、換車 |
| 감 | gam | 【名】柿子 |
| 감기 | gam.gi | 【名】感冒 |
| 감다 | gam.da | 【動】閉上（眼睛） |

153

| | | |
|---|---|---|
| 감동 | gam.dong | 【名】感動 |
| 감사하다 | gam.sa.ha.da | 【動】感謝 |
| 감자 | gam.ja | 【名】馬鈴薯 |
| 갑자기 | gap.jja.gi | 【副】突然、忽然 |
| 값 | gap | 【名】價錢、價格 |
| 강 | gang | 【名】江、河 |
| 강아지 | gang.a.ji | 【名】小狗 |
| 갖다 | gat.da | 【動】帶、拿、具備 |
| 같다 | gat.da | 【形】一樣、相同 |
| 같이 | ga.chi | 【副】一起、一塊 |

| | | |
|---|---|---|
| 개 | ge* | 【量】（一）個 |
| 개 | ge* | 【名】狗 |
| 개월 | ge*.wol | 【量】個月 |
| 거기 | go*.gi | 【代】那裡 |
| 거리 | go*.ri | 【名】街道、距離 |
| 거실 | go*.sil | 【名】客廳 |
| 거울 | go*.ul | 【名】鏡子 |
| 거의 | go*.ui | 【副】幾乎、快要 |
| 거짓말 | go*.jin.mal | 【名】謊話 |
| 걱정하다 | go*k.jjo*ng.ha.da | 【動】擔心 |

| 건강하다 | go*n.gang.ha.da | 【形】健康 |
|---|---|---|
| 건너가다 | go*n.no*.ga.da | 【動】越過 |
| 건너편 | go*n.no*.pyo*n | 【名】對面 |
| 건물 | go*n.mul | 【名】建築物 |
| 걷다 | go*t.da | 【動】走路、走 |
| 걸다 | go*l.da | 【動】掛、吊 |
| 걸리다 | go*l.li.da | 【動】花費（時間） |
| 걸어가다 | go*.ro*.ga.da | 【動】走過去 |
| 검은색 | go*.meun.se*k | 【名】黑色 |
| 게임 | ge.im | 【名】遊戲 |

| | | |
|---|---|---|
| 겨울 | gyo*.ul | 【名】冬天 |
| 결과 | gyo*l.gwa | 【名】結果 |
| 결정하다 | gyo*l.jo*ng.ha.da | 【動】決定 |
| 결혼식 | gyo*l.hon.sik | 【名】結婚典禮 |
| 결혼하다 | gyo*l.hon.ha.da | 【動】結婚 |
| 경기 | gyo*ng.gi | 【名】比賽、競賽 |
| 경찰 | gyo*ng.chal | 【名】警察 |
| 경치 | gyo*ng.chi | 【名】風景、景色 |
| 경험 | gyo*ng.ho*m | 【名】經驗、教訓 |
| 계단 | gye.dan | 【名】階段、階梯 |

| | | |
|---|---|---|
| 계란 | gye.ran | 【名】雞蛋 |
| 계산하다 | gye.san.ha.da | 【動】計算 |
| 계속 | gye.sok | 【副】一直、連續 |
| 계시다 | gye.si.da | 【動】在、有（있다的敬語） |
| 계절 | gye.jo*l | 【名】季節 |
| 계획 | gye.hwek | 【名】計畫、規劃 |
| 고기 | go.gi | 【名】肉 |
| 고등학교 | go.deung.hak.gyo | 【名】高級中學 |
| 고르다 | go.reu.da | 【動】挑選、選擇 |
| 고맙다 | go.map.da | 【形】感謝、感激 |

| | | |
|---|---|---|
| 고모 | go.mo | 【名】姑姑、姑媽 |
| 고모부 | go.mo.bu | 【名】姑丈 |
| 고속버스 | go.sok.bo*.seu | 【名】高速巴士 |
| 고양이 | go.yang.i | 【名】貓 |
| 고장 | go.jang | 【名】故障、壞掉 |
| 고추 | go.chu | 【名】辣椒 |
| 고치다 | go.chi.da | 【動】改正、修理 |
| 고프다 | go.peu.da | 【形】飢餓、餓 |
| 고향 | go.hyang | 【名】故鄉、家鄉 |
| 곧 | got | 【副】馬上、立刻 |

| | | |
|---|---|---|
| 골프 | gol.peu | 【名】高爾夫球 |
| 곱다 | gop.da | 【形】美、漂亮 |
| 곳 | got | 【名】場所、地方 |
| 공 | gong | 【名】球 |
| 공기 | gong.gi | 【名】空氣 |
| 공무원 | gong.mu.won | 【名】公務員 |
| 공부하다 | gong.bu.ha.da | 【動】讀書學習 |
| 공연 | gong.yo*n | 【名】公演 |
| 공원 | gong.won | 【名】公園 |
| 공중전화 | gong.jung.jo*n.hwa | 【名】公共電話 |

| | | |
|---|---|---|
| 공짜 | gong.jja | 【名】免費 |
| 공책 | gong.che*k | 【名】筆記本 |
| 공항 | gong.hang | 【名】機場 |
| 공휴일 | gong.hyu.il | 【名】公休日 |
| 과거 | gwa.go* | 【名】過去、昔日 |
| 과일 | gwa.il | 【名】水果 |
| 과자 | gwa.ja | 【名】點心、餅乾 |
| 과학 | gwa.hak | 【名】科學 |
| 관광하다 | gwan.gwang.ha.da | 【動】觀光 |
| 관심 | gwan.sim | 【名】關心、關注 |

| | | |
|---|---|---|
| 괜찮다 | gwe*n.chan.ta | 【形】不錯、沒關係 |
| 교과서 | gyo.gwa.so* | 【名】教科書 |
| 교수 | gyo.su | 【名】教授 |
| 교실 | gyo.sil | 【名】教室 |
| 교통 | gyo.tong | 【名】交通 |
| 교회 | gyo.hwe | 【名】教會 |
| 구 | gu | 【數】九 |
| 구경하다 | gu.gyo*ng.ha.da | 【動】參觀 |
| 구두 | gu.du | 【名】皮鞋 |
| 구름 | gu.reum | 【名】雲 |

| 구월 | gu.wol | 【名】九月 |
|---|---|---|
| 구하다 | gu.ha.da | 【動】求得、尋求 |
| 국 | guk | 【名】湯 |
| 국립 | gung.nip | 【名】國立 |
| 국수 | guk.ssu | 【名】麵 |
| 국어 | gu.go* | 【名】國語 |
| 국적 | guk.jjo*k | 【名】國籍 |
| 국제 | guk.jje | 【名】國際 |
| 군인 | gu.nin | 【名】軍人 |
| 굽다 | gup.da | 【動】烤 |

| | | |
|---|---|---|
| 권 | gwon | 【量】本、冊 |
| 귀 | gwi | 【名】耳朵 |
| 귀엽다 | gwi.yo*p.da | 【形】可愛 |
| 규칙 | gyu.chik | 【名】規則、守則 |
| 귤 | gyul | 【名】橘子 |
| 그 | geu | 【冠】【代】那、他 |
| 그것 | geu.go*t | 【代】那個 |
| 그곳 | geu.got | 【代】那地方 |
| 그날 | geu.nal | 【名】那天 |
| 그냥 | geu.nyang | 【副】就那樣、一直 |

| | | |
|---|---|---|
| 그동안 | geu.dong.an | 【名】那段期間、近來 |
| 그때 | geu.de* | 【名】那時 |
| 그래서 | geu.re*.so* | 【副】所以、因此 |
| 그램 | geu.re*m | 【量】克（gram） |
| 그러나 | geu.ro*.na | 【副】可是、然而 |
| 그러면 | geu.ro*.myo*n | 【副】那麼、那樣的話 |
| 그런 | geu.ro*n | 【冠】那樣、那種 |
| 그런데 | geu.ro*n.de | 【副】可是、然而 |
| 그럼 | geu.ro*m | 【副】那麼、那就 |
| 그렇다 | geu.ro*.ta | 【形】那樣 |

165

| | | |
|---|---|---|
| 그릇 | geu.reut | 【名】器皿、碗盤 |
| 그리고 | geu.ri.go | 【副】而且、還有 |
| 그리다 | geu.ri.da | 【動】畫、繪 |
| 그림 | geu.rim | 【名】圖畫、繪畫 |
| 그분 | geu.bun | 【代】那位 |
| 그저께 | geu.jo*.ge | 【名】前天 |
| 그쪽 | geu.jjok | 【代】那邊、那方向 |
| 그치다 | geu.chi.da | 【動】停止 |
| 극장 | geuk.jjang | 【名】戲院、電影院 |
| 근처 | geun.cho* | 【名】附近 |

| | | |
|---|---|---|
| 글 | geul | 【名】文章 |
| 금방 | geum.bang | 【副】剛才、馬上 |
| 금연 | geu.myo*n | 【名】禁菸 |
| 금요일 | geu.myo.il | 【名】星期五 |
| 급하다 | geu.pa.da | 【形】緊急、急切 |
| 기다리다 | gi.da.ri.da | 【動】等待、等候 |
| 기르다 | gi.reu.da | 【動】養、飼養 |
| 기름 | gi.reum | 【名】油、脂肪 |
| 기분 | gi.bun | 【名】心情、氣氛 |
| 기쁘다 | gi.beu.da | 【形】高興、欣喜 |

| 기숙사 | gi.suk.ssa | 【名】宿舍 |
| --- | --- | --- |
| 기억나다 | gi.o*.na.da | 【動】想起來 |
| 기온 | gi.on | 【名】氣溫 |
| 기자 | gi.ja | 【名】記者 |
| 기차 | gi.cha | 【名】火車 |
| 기침 | gi.chim | 【名】咳嗽 |
| 기타 | gi.ta | 【名】吉他 |
| 긴장되다 | gin.jang.dwe.da | 【動】緊張 |
| 길 | gil | 【名】路 |
| 길다 | gil.da | 【形】長 |

| | | |
|---|---|---|
| 김밥 | gim.bap | 【名】紫菜飯捲 |
| 김치 | gim.chi | 【名】泡菜 |
| 까만색 | ga.man.se*k | 【名】黑色 |
| 깎다 | gak.da | 【動】削、減價 |
| 깜짝 | gam.jjak | 【副】吃驚、嚇一跳 |
| 깨끗하다 | ge*.geu.ta.da | 【形】乾淨 |
| 깨다 | ge*.da | 【動】打破、破壞 |
| 꺼내다 | go*.ne*.da | 【動】掏、拿出 |
| 껌 | go*m | 【名】口香糖 |
| 꼭 | gok | 【副】一定、必定 |

| | | |
|---|---|---|
| 꽃 | got | 【名】花 |
| 꾸다 | gu.da | 【動】做夢 |
| 꿈 | gum | 【名】夢、夢想 |
| 끄다 | geu.da | 【動】熄滅、關上 |
| 끓이다 | geu.ri.da | 【動】燒開、煮 |
| 끝나다 | geun.na.da | 【動】結束 |
| 끼다 | gi.da | 【動】籠罩、瀰漫 |
| 끼다 | gi.da | 【動】插、夾 |

# ㄴ

170

| 나 | na | 【代】我 |
|---|---|---|
| 나가다 | na.ga.da | 【動】出去 |
| 나누다 | na.nu.da | 【動】分、分享 |
| 나라 | na.ra | 【名】國家 |
| 나무 | na.mu | 【名】樹木 |
| 나쁘다 | na.beu.da | 【形】壞、不好 |
| 나오다 | na.o.da | 【動】出來、出現 |
| 나이 | na.i | 【名】年紀、年齡 |
| 나중 | na.jung | 【名】以後、後來 |
| 나타나다 | na.ta.na.da | 【動】出現 |

ㄴ

171

| 낚시 | nak.ssi | 【名】釣魚 |
|---|---|---|
| 날 | nal | 【名】天、日子 |
| 날씨 | nal.ssi | 【名】天氣 |
| 날짜 | nal.jja | 【名】日期、日子 |
| 남기다 | nam.gi.da | 【動】留下、保留 |
| 남동생 | nam.dong.se*ng | 【名】弟弟 |
| 남자 | nam.ja | 【名】男子、男人 |
| 남쪽 | nam.jjok | 【名】南邊、南方 |
| 남편 | nam.pyo*n | 【名】丈夫 |
| 낮 | nat | 【名】白天 |

# ㄴ



| | | |
|---|---|---|
| 낮다 | nat.da | 【形】低、矮 |
| 내과 | ne*.gwa | 【名】內科 |
| 내년 | ne*.nyo*n | 【名】明年 |
| 내다 | ne*.da | 【動】拿出、抽空 |
| 내리다 | ne*.ri.da | 【動】下車、下來 |
| 내용 | ne*.yong | 【名】內容 |
| 내일 | ne*.il | 【名】明天 |
| 냄비 | ne*m.bi | 【名】平底鍋 |
| 냄새 | ne*m.se* | 【名】味道 |
| 냉면 | ne*ng.myo*n | 【名】冷麵 |

| | | |
|---|---|---|
| 냉장고 | ne*ng.jang.go | 【名】冰箱 |
| 너 | no* | 【代】你 |
| 너무 | no*.mu | 【副】太、非常 |
| 넓다 | no*l.da | 【形】寬、廣闊 |
| 넘다 | no*m.da | 【動】超過 |
| 넘어지다 | no*.mo*.ji.da | 【動】摔倒、跌倒 |
| 넣다 | no*.ta | 【動】裝入、裝進 |
| 넥타이 | nek.ta.i | 【名】領帶 |
| 넷 | net | 【數】四 |
| 년 | nyo*n | 【量】年 |

| | | |
|---|---|---|
| 노란색 | no.ran.se*k | 【名】黃色 |
| 노래 | no.re* | 【名】歌 |
| 노력하다 | no.ryo*.ka.da | 【動】努力 |
| 녹색 | nok.sse*k | 【名】綠色 |
| 녹차 | nok.cha | 【名】綠茶 |
| 놀다 | nol.da | 【動】玩、遊玩 |
| 놀라다 | nol.la.da | 【動】吃驚、驚訝 |
| 농구 | nong.gu | 【名】籃球 |
| 높다 | nop.da | 【形】高 |
| 놓다 | no.ta | 【動】放、佈置 |

ㄴ

175

| 누구 | nu.gu | 【代】誰 |
| --- | --- | --- |
| 누나 | nu.na | 【名】姊姊（弟弟的用語） |
| 눈 | nun | 【名】眼睛、目光 |
| 눈 | nun | 【名】雪 |
| 눈물 | nun.mul | 【名】眼淚 |
| 눕다 | nup.da | 【動】躺、臥病在床 |
| 뉴스 | nyu.seu | 【名】新聞 |
| 뉴욕 | nyu.yok | 【名】紐約 |
| 느끼다 | neu.gi.da | 【動】感覺 |
| 느낌 | neu.gim | 【名】感覺 |

## ㄴ



| | | |
|---|---|---|
| 느리다 | neu.ri.da | 【形】緩慢、遲緩 |
| 늘 | neul | 【副】總是、經常 |
| 늘다 | neul.da | 【動】提高、增長 |
| 능력 | neung.nyo*k | 【名】能力 |
| 늦다 | neut.da | 【形】【動】晚、遲 |
| 님 | nim | 【接尾】尊稱 |

ㄷ



| | | |
|---|---|---|
| 다 | da | 【副】都、全部 |
| 다녀오다 | da.nyo*.o.da | 【動】去一趟回來 |
| 다니다 | da.ni.da | 【動】來往、上學、上班 |
| 다르다 | da.reu.da | 【形】不同、不一樣 |
| 다른 | da.reun | 【冠】別的 |
| 다리 | da.ri | 【名】腿 |
| 다리 | da.ri | 【名】橋樑 |
| 다섯 | da.so*t | 【數】五 |
| 다시 | da.si | 【副】又、再次 |
| 다음 | da.eum | 【名】下次 |

| | | |
|---|---|---|
| 다이어트 | da.i.o*.teu | 【名】減肥 |
| 다치다 | da.chi.da | 【動】受傷 |
| 닦다 | dak.da | 【動】擦、刷（牙） |
| 단어 | da.no* | 【名】單詞 |
| 단점 | dan.jo*m | 【名】短處、缺點 |
| 닫다 | dat.da | 【動】關、閉 |
| 닫히다 | da.chi.da | 【動】被關上 |
| 달 | dal | 【量】（一）個月 |
| 달 | dal | 【名】月亮 |
| 달다 | dal.da | 【形】甜 |

| | | |
|---|---|---|
| 달러 | dal.lo* | 【名】美元、美金 |
| 달력 | dal.lyo*k | 【名】月曆 |
| 달리다 | dal.li.da | 【動】疾駛、奔馳 |
| 닭 | dak | 【名】雞 |
| 닮다 | dam.da | 【動】像、相似 |
| 담그다 | dam.gi.da | 【動】浸、醃、釀 |
| 담배 | dam.be* | 【名】香菸 |
| 당근 | dang.geun | 【名】胡蘿蔔 |
| 당신 | dang.sin | 【代】您 |
| 대 | de* | 【量】輛、架 |

| 대답하다 | de*.da.pa.da | 【動】回答 |
|---|---|---|
| 대사관 | de*.sa.gwan | 【名】大使館 |
| 대학교 | de*.hak.gyo | 【名】大學 |
| 대학생 | de*.hak.sse*ng | 【名】大學生 |
| 대학원 | de*.ha.gwon | 【名】研究所 |
| 대한민국 | de*.han.min.guk | 【名】大韓民國 |
| 대회 | de*.hwe | 【名】大會 |
| 댁 | de*k | 【名】府上（집的尊稱） |
| 더 | do* | 【副】更、更加 |
| 더럽다 | do*.ro*p.da | 【形】髒、卑鄙 |

| | | |
|---|---|---|
| 덥다 | do*p.da | 【形】熱 |
| 덮다 | do*p.da | 【動】蓋、掩蓋 |
| 데이트 | de.i.teu | 【名】約會 |
| 도서관 | do.so*.gwan | 【名】圖書館 |
| 도시 | do.si | 【名】都市 |
| 도와주다 | do.wa.ju.da | 【動】幫助 |
| 도착하다 | do.cha.ka.da | 【動】抵達 |
| 독일 | do.gil | 【名】德國 |
| 돈 | don | 【名】錢 |
| 돌아가다 | do.ra.ga.da | 【動】回去 |

| | | |
|---|---|---|
| 돌아오다 | do.ra.o.da | 【動】回來 |
| 돕다 | dop.da | 【動】幫助 |
| 동네 | dong.ne | 【名】村、鄉村 |
| 동물 | dong.mul | 【名】動物 |
| 동생 | dong.se*ng | 【名】弟弟、妹妹 |
| 동안 | dong.an | 【名】期間 |
| 동전 | dong.jo*n | 【名】銅錢 |
| 동쪽 | dong.jjok | 【名】東邊 |
| 돼지 | dwe*.ji | 【名】豬 |
| 되다 | dwe.da | 【動】成為、可以 |

| | | |
|---|---|---|
| 된장 | dwen.jang | 【名】大醬／味噌 |
| 두껍다 | du.go*p.da | 【形】厚 |
| 두다 | du.da | 【動】置、放 |
| 두부 | du.bu | 【名】豆腐 |
| 둘 | dul | 【數】二 |
| 뒤 | dwi | 【名】後面 |
| 드라마 | deu.ra.ma | 【名】電視劇、戲劇 |
| 드리다 | deu.ri.da | 【動】給、敬贈(주다的敬語) |
| 드시다 | deu.si.da | 【動】用餐（들다的敬語） |
| 듣다 | deut.da | 【動】聽、聽見 |

| 들다 | deul.da | 【動】拿、提、舉 |
|---|---|---|
| 들어가다 | deu.ro*.ga.da | 【動】進去、參加 |
| 등 | deung | 【名】背 |
| 등산 | deung.san | 【名】爬山、登山 |
| 디자인 | di.ja.in | 【名】設計、圖案 |
| 따뜻하다 | da.deu.ta.da | 【形】溫暖 |
| 따라가다 | da.ra.ga.da | 【動】跟隨、追趕 |
| 따로 | da.ro | 【副】另外 |
| 딸 | dal | 【名】女兒 |
| 딸기 | dal.gi | 【名】草莓 |

185

| | | |
|---|---|---|
| 땀 | dam | 【名】汗 |
| 떠나다 | do*.na.da | 【動】離開、動身 |
| 떡 | do*k | 【名】年糕、糕餅 |
| 떡볶이 | do*k.bo.gi | 【名】辣炒年糕 |
| 떨어지다 | do*.ro*.ji.da | 【動】掉落 |
| 또 | do | 【副】又、再、還 |
| 뛰다 | dwi.da | 【動】跑、跳動 |
| 뜨겁다 | deu.go*p.da | 【形】燙、熱、熱情 |

# ㄹ

186

| 라디오 | ra.di.o | 【名】收音機、廣播 |
| --- | --- | --- |
| 라면 | ra.myo*n | 【名】泡麵 |
| 러시아 | ro*.si.a | 【名】俄羅斯 |
| 로션 | ro.syo*n | 【名】乳液 |

## ㅁ

187

| | | |
|---|---|---|
| 마늘 | ma.neul | 【名】大蒜 |
| 마르다 | ma.reu.da | 【動】乾、渴 |
| 마리 | ma.ri | 【量】隻、匹、頭 |
| 마시다 | ma.si.da | 【動】喝、飲 |
| 마음 | ma.eum | 【名】心意、心眼 |
| 마지막 | ma.ji.mak | 【名】最後、最終 |
| 마흔 | ma.heun | 【數】四十 |
| 막히다 | ma.ki.da | 【動】堵塞 |
| 만 | man | 【數】萬 |
| 만나다 | man.na.da | 【動】見面、相逢 |

| | | |
|---|---|---|
| 만두 | man.du | 【名】餃子、包子 |
| 만들다 | man.deul.da | 【動】製作、製造 |
| 만화 | man.hwa | 【名】漫畫 |
| 많다 | man.ta | 【形】多 |
| 말씀하다 | mal.sseum.ha.da | 【動】說、講話(말하다的敬語) |
| 말하다 | mal.ha.da | 【動】說、說話 |
| 맑다 | mak.da | 【形】晴朗、清新 |
| 맛 | mat | 【名】味道 |
| 맛없다 | ma.do*p.da | 【形】不好吃 |
| 맛있다 | ma.sit.da | 【形】好吃、美味 |

| | | |
|---|---|---|
| 맞다 | mat.da | 【動】正確 |
| 맞은편 | ma.jeun.pyo*n | 【名】對面 |
| 매다 | me*.da | 【動】系、綁、栓 |
| 매우 | me*.u | 【副】很、非常 |
| 매일 | me*.il | 【名】每天 |
| 맥주 | me*k.jju | 【名】啤酒 |
| 맵다 | me*p.da | 【形】辣 |
| 머리 | mo*.ri | 【名】頭、頭髮 |
| 먹다 | mo*k.da | 【動】吃 |
| 먼저 | mo*n.jo* | 【副】首先 |

| | | |
|---|---|---|
| 멀다 | mo*l.da | 【形】遠、遙遠 |
| 멋있다 | mo*.sit.da | 【形】好看、帥 |
| 메뉴 | me.nyu | 【名】菜單 |
| 메다 | me.da | 【動】背、扛 |
| 메모 | me.mo | 【名】紀錄、紙條 |
| 메시지 | me.si.ji | 【名】消息、口信 |
| 며칠 | myo*.chil | 【名】幾天 |
| 명 | myo*ng | 【量】名、位 |
| 명절 | myo*ng.jo*l | 【名】節日 |
| 몇 | myo*t | 【冠】【數】幾、若干 |

| | | |
|---|---|---|
| 모두 | mo.du | 【副】【名】全部 |
| 모든 | mo.deun | 【冠】所有 |
| 모레 | mo.re | 【名】【副】後天 |
| 모르다 | mo.reu.da | 【動】不知道、不認識、不懂 |
| 모시다 | mo.si.da | 【動】陪同、侍奉 |
| 모임 | mo.im | 【名】集會、聚會 |
| 모자 | mo.ja | 【名】帽子 |
| 목 | mok | 【名】脖子、喉嚨 |
| 목걸이 | mok.go*.ri | 【名】項鍊 |
| 목소리 | mok.sso.ri | 【名】聲音 |

| 목요일 | mo.gyo.il | 【名】星期四 |
| --- | --- | --- |
| 목적 | mok.jjo*k | 【名】目的 |
| 몸 | mom | 【名】身體 |
| 못 | mot | 【副】不、不能 |
| 못하다 | mo.ta.da | 【動】不會、不能 |
| 무 | mu | 【名】白蘿蔔 |
| 무겁다 | mu.go*p.da | 【形】重、沈重 |
| 무료 | mu.ryo | 【名】免費 |
| 무릎 | mu.reup | 【名】膝蓋 |
| 무섭다 | mu.so*p.da | 【形】可怕、害怕 |

| | | |
|---|---|---|
| 무슨 | mu.seun | 【冠】什麼 |
| 무엇 | mu.o*t | 【代】什麼 |
| 무역 | mu.yo*k | 【名】貿易 |
| 무용 | mu.yong | 【名】舞蹈 |
| 무척 | mu.cho*k | 【副】非常、極為 |
| 문구점 | mun.gu.jo*m | 【名】文具店 |
| 문장 | mun.jang | 【名】句子 |
| 문제 | mun.je | 【名】問題 |
| 문화 | mun.hwa | 【名】文化 |
| 묻다 | mut.da | 【動】問、詢問 |

| 물 | mul | 【名】水 |
|---|---|---|
| 물건 | mul.go*n | 【名】物品、東西 |
| 물론 | mul.lon | 【副】【名】當然、不用說 |
| 물어보다 | mu.ro*.bo.da | 【動】問看看 |
| 미국 | mi.guk | 【名】美國 |
| 미래 | mi.re* | 【名】未來 |
| 미리 | mi.ri | 【副】事先、預先 |
| 미술관 | mi.sul.gwan | 【名】美術館 |
| 미안하다 | mi.an.ha.da | 【形】對不起、抱歉 |
| 미용실 | mi.yong.sil | 【名】美容院 |

| 미터 | mi.to* | 【量】公尺、米 |
| --- | --- | --- |
| 민속촌 | min.sok.chon | 【名】民俗村 |
| 밑 | mit | 【名】下面、底下 |

| 바꾸다 | ba.gu.da | 【動】換、交換 |
|---|---|---|
| 바뀌다 | ba.gwi.da | 【動】被換、被更換 |
| 바나나 | ba.na.na | 【名】香蕉 |
| 바다 | ba.da | 【名】海 |
| 바닷가 | ba.dat.ga | 【名】海邊 |
| 바라다 | ba.ra.da | 【動】希望 |
| 바람 | ba.ram | 【名】風 |
| 바로 | ba.ro | 【副】一直、就是 |
| 바르다 | ba.reu.da | 【動】塗、抹 |
| 바쁘다 | ba.beu.da | 【形】忙碌 |

ㅂ

197

| 바지 | ba.ji | 【名】褲子 |
|---|---|---|
| 박물관 | bang.mul.gwan | 【名】博物館 |
| 박수 | bak.ssu | 【名】鼓掌 |
| 밖 | bak | 【名】外邊 |
| 반 | ban | 【名】一半、半 |
| 반갑다 | ban.gap.da | 【形】高興 |
| 반바지 | ban.ba.ji | 【名】短褲 |
| 반지 | ban.ji | 【名】戒指 |
| 반찬 | ban.chan | 【名】菜餚、小菜 |
| 받다 | bat.da | 【動】接受、收下 |

| 발 | bal | 【名】腳、足 |
| --- | --- | --- |
| 발음 | ba.reum | 【名】發音 |
| 밝다 | bak.da | 【形】亮 |
| 밤 | bam | 【名】晚上、夜 |
| 밥 | bap | 【名】飯 |
| 방 | bang | 【名】房間 |
| 방법 | bang.bo*p | 【名】方法 |
| 방학 | bang.hak | 【名】放假 |
| 배 | be* | 【名】肚子／船／梨 |
| 배구 | be*.gu | 【名】排球 |

ㅂ

199

| | | |
|---|---|---|
| 배달 | be*.dal | 【名】投遞、送 |
| 배부르다 | be*.bu.reu.da | 【形】（肚子）飽 |
| 배우 | be*.u | 【名】演員 |
| 배우다 | be*.u.da | 【動】學習 |
| 백 | be*k | 【數】百 |
| 백화점 | be*.kwa.jo*m | 【名】白貨公司 |
| 버리다 | bo*.ri.da | 【動】丟掉、扔掉 |
| 버스 | bo*.seu | 【名】公車 |
| 번호 | bo*n.ho | 【名】號碼 |
| 벌다 | bo*l.da | 【動】賺（錢） |

# ㅂ

200

| 벌써 | bo*l.sso* | 【副】已經 |
| --- | --- | --- |
| 벗다 | bo*t.da | 【動】脫（衣服） |
| 벚꽃 | bo*t.got | 【名】櫻花 |
| 베이징 | be.i.jing | 【名】北京 |
| 벽 | byo*k | 【名】牆壁 |
| 변호사 | byo*n.ho.sa | 【名】律師 |
| 별 | byo*l | 【名】星 |
| 별로 | byo*l.lo | 【副】特別 |
| 병 | byo*ng | 【量】（一）瓶 |
| 병원 | byo*ng.won | 【名】醫院 |

ㅂ

201

| 보내다 | bo.ne*.da | 【動】寄、送 |
|---|---|---|
| 보다 | bo.da | 【動】看 |
| 보이다 | bo.i.da | 【動】看見 |
| 보통 | bo.tong | 【副】【名】一般、普通 |
| 복잡하다 | bok.jja.pa.da | 【形】複雜 |
| 볶음밥 | bo.geum.bap | 【名】炒飯 |
| 볼펜 | bol.pen | 【名】原子筆、圓珠筆 |
| 봄 | bom | 【名】春天 |
| 봉지 | bong.ji | 【名】紙袋、袋子 |
| 봉투 | bong.tu | 【名】信封、封套 |

| | | |
|---|---|---|
| 뵙다 | bwep.da | 【動】見、拜見（뵈다的謙語） |
| 부동산 | bu.dong.san | 【名】不動產、房地產 |
| 부드럽다 | bu.deu.ro*p.da | 【形】柔軟、細緻 |
| 부르다 | bu.reu.da | 【動】叫、呼喚 |
| 부모 | bu.mo | 【名】父母 |
| 부엌 | bu.o*k | 【名】廚房 |
| 부지런하다 | bu.ji.ro*n.ha.da | 【形】勤快、勤勉 |
| 부치다 | bu.chi.da | 【動】寄 |
| 부탁 | bu.tak | 【名】委託、請託 |
| 북쪽 | buk.jjok | 【名】北邊 |

# ㅂ

203

| | | |
|---|---|---|
| 분 | bun | 【量】（一）分鐘 |
| 분위기 | bu.nwi.gi | 【名】氣氛 |
| 불 | bul | 【名】火 |
| 불고기 | bul.go.gi | 【名】烤肉 |
| 불다 | bul.da | 【動】刮（風） |
| 붙다 | but.da | 【動】黏、貼、合格 |
| 붙이다 | bu.chi.da | 【動】黏貼、緊靠 |
| 비 | bi | 【名】雨 |
| 비누 | bi.nu | 【名】肥皂 |
| 비밀 | bi.mil | 【名】秘密 |

# ㅂ

204

| | | |
|---|---|---|
| 비빔밥 | bi.bim.bap | 【名】拌飯 |
| 비싸다 | bi.ssa.da | 【形】（價錢）貴 |
| 비행기 | bi.he*ng.gi | 【名】飛機 |
| 빌딩 | bil.ding | 【名】大廈、大樓 |
| 빌리다 | bil.li.da | 【動】借、借給 |
| 빠르다 | ba.reu.da | 【形】快 |
| 빨간색 | bal.gan.se*k | 【名】紅色 |
| 빨리 | bal.li | 【副】趕緊、趕快 |
| 빵 | bang | 【名】麵包 |

| | | |
|---|---|---|
| 사 | sa | 【數】四 |
| 사과 | sa.gwa | 【名】蘋果、道歉 |
| 사다 | sa.da | 【動】買、購買 |
| 사람 | sa.ram | 【名】人 |
| 사랑하다 | sa.rang.ha.da | 【動】愛 |
| 사무실 | sa.mu.sil | 【名】辦公室 |
| 사물 | sa.mul | 【名】事物 |
| 사업가 | sa.o*p.ga | 【名】生意人 |
| 사용하다 | sa.yong.ha.da | 【動】使用 |
| 사월 | sa.wol | 【名】四月 |

| 사이즈 | sa.i.jeu | 【名】尺寸 |
| --- | --- | --- |
| 사인하다 | sa.in.ha.da | 【動】簽名、署名 |
| 사장 | sa.jang | 【名】總經理、社長 |
| 사전 | sa.jo*n | 【名】字典 |
| 사진 | sa.jin | 【名】照片 |
| 사촌 | sa.chon | 【名】堂兄弟、堂兄妹 |
| 사탕 | sa.tang | 【名】糖果 |
| 사흘 | sa.heul | 【名】三天 |
| 산 | san | 【名】山 |
| 산책 | san.che*k | 【名】散步 |

207

| | | |
|---|---|---|
| 살다 | sal.da | 【動】住 |
| 삼 | sam | 【數】三 |
| 삼계탕 | sam.gye.tang | 【名】蔘雞湯 |
| 삼월 | sa.mwol | 【名】三月 |
| 삼촌 | sam.chon | 【名】叔叔 |
| 상자 | sang.ja | 【名】箱子 |
| 상처 | sang.cho* | 【名】傷口 |
| 상품 | sang.pum | 【名】商品 |
| 새 | se* | 【名】鳥 |
| 새로 | se*.ro | 【副】新、重新 |

| | | |
|---|---|---|
| 새벽 | se*.byo*k | 【名】清晨、凌晨 |
| 새우 | se*.u | 【名】蝦 |
| 색 | se*k | 【名】顏色 |
| 색깔 | se*k.gal | 【名】顏色 |
| 생각하다 | se*ng.ga.ka.da | 【動】想、認為 |
| 생각나다 | se*ng.gang.na.da | 【動】想起來 |
| 생기다 | se*ng.gi.da | 【動】發生、產生 |
| 생선 | se*ng.so*n | 【名】魚、鮮魚 |
| 생신 | se*ng.sin | 【名】生日（생일的尊稱） |
| 생일 | se*ng.il | 【名】生日 |

| 생활 | se*ng.hwal | 【名】生活 |
|---|---|---|
| 샤워하다 | sya.wo.ha.da | 【動】淋浴 |
| 서다 | so*.da | 【動】立、站 |
| 서로 | so*.ro | 【副】相互 |
| 서른 | so*.reun | 【數】三十 |
| 서비스 | so*.bi.seu | 【名】服務、招待 |
| 서양 | so*.yang | 【名】西洋、西方 |
| 서울 | so*.ul | 【名】首爾 |
| 서점 | so*.jo*m | 【名】書店 |
| 서쪽 | so*.jjok | 【名】西邊 |

| 선물하다 | so*n.mul.ha.da | 【動】送禮 |
|---|---|---|
| 선배 | so*n.be* | 【名】前輩、學長姊 |
| 선생님 | so*n.se*ng.nim | 【名】老師 |
| 선수 | so*n.su | 【名】選手、運動員 |
| 선택하다 | so*n.te*.ka.da | 【動】選擇 |
| 선풍기 | so*n.pung.gi | 【名】電風扇 |
| 설날 | so*l.lal | 【名】元旦、春節 |
| 설명하다 | so*l.myo*ng.ha.da | 【動】說明 |
| 설탕 | so*l.tang | 【名】糖 |
| 섬 | so*m | 【名】島 |

211

| | | |
|---|---|---|
| 성격 | so*ng.gyo*k | 【名】性格、性質 |
| 성함 | so*ng.ham | 【名】姓名 |
| 세 | se | 【量】（一）歲 |
| 세계 | se.gye | 【名】世界 |
| 세수하다 | se.su.ha.da | 【動】洗臉 |
| 세우다 | se.u.da | 【動】停、建立 |
| 세일하다 | se.il.ha.da | 【動】打折、特價 |
| 세탁소 | se.tak.sso | 【名】洗衣店 |
| 센티미터 | sen.ti.mi.to* | 【量】公分、釐米 |
| 셋 | set | 【數】三 |

| | | |
|---|---|---|
| 소 | so | 【名】牛 |
| 소개하다 | so.ge*.ha.da | 【動】介紹 |
| 소금 | so.geum | 【名】鹽 |
| 소리 | so.ri | 【名】聲音、話 |
| 소설 | so.so*l | 【名】小說 |
| 소식 | so.sik | 【名】消息 |
| 소파 | so.pa | 【名】沙發 |
| 소포 | so.po | 【名】包裹 |
| 소풍 | so.pung | 【名】郊遊 |
| 속 | sok | 【名】內、內心 |

| | | |
|---|---|---|
| 손 | son | 【名】手 |
| 손가락 | son.ga.rak | 【名】手指 |
| 손님 | son.nim | 【名】客人 |
| 손수건 | son.su.go*n | 【名】手帕 |
| 쇼핑 | syo.ping | 【名】購物、逛街 |
| 수건 | su.go*n | 【名】毛巾、手巾 |
| 수도 | su.do | 【名】首都 |
| 수박 | su.bak | 【名】西瓜 |
| 수술하다 | su.sul.ha.da | 【動】手術 |
| 수업 | su.o*p | 【名】課程、課 |

| | | |
|---|---|---|
| 수영 | su.yo*ng | 【名】游泳 |
| 수요일 | su.yo.il | 【名】星期三 |
| 수학 | su.hak | 【名】數學 |
| 숙제 | suk.jje | 【名】作業、課題 |
| 숟가락 | sut.ga.rak | 【名】湯匙 |
| 술 | sul | 【名】酒 |
| 쉬다 | swi.da | 【動】休息 |
| 쉰 | swin | 【數】五十 |
| 쉽다 | swip.da | 【形】容易 |
| 슈퍼마켓 | syu.po*.ma.ket | 【名】超市 |

215

| | | |
|---|---|---|
| 스물 | seu.mul | 【數】二十 |
| 스케이트 | seu.ke.i.teu | 【名】滑冰、溜冰 |
| 스키 | seu.ki | 【名】滑雪 |
| 스타킹 | seu.ta.king | 【名】褲襪 |
| 스트레스 | seu.teu.re.seu | 【名】（精神）壓力 |
| 스포츠 | seu.po.cheu | 【名】體育運動 |
| 슬프다 | seul.peu.da | 【形】難過、悲哀 |
| 습관 | seup.gwan | 【名】習慣 |
| 시간 | si.gan | 【名】時間 |
| 시계 | si.gye | 【名】鐘錶 |

| | | |
|---|---|---|
| 시골 | si.gol | 【名】鄉下、鄉村 |
| 시끄럽다 | si.geu.ro*p.da | 【形】喧嘩、吵雜 |
| 시내 | si.ne* | 【名】市區、市內 |
| 시다 | si.da | 【形】酸 |
| 시원하다 | si.won.ha.da | 【形】涼快、涼爽 |
| 시월 | si.wol | 【名】十月 |
| 시장 | si.jang | 【名】市場 |
| 시청 | si.cho*ng | 【名】市政府 |
| 시험 | si.ho*m | 【名】考試、測驗 |
| 식당 | si.dang | 【名】餐館、食堂 |

| | | |
|---|---|---|
| 식사 | sik.ssa | 【名】吃飯、用餐 |
| 식탁 | sik.tak | 【名】飯桌 |
| 신다 | sin.da | 【動】穿（鞋、襪子） |
| 신문 | sin.mun | 【名】報紙 |
| 신발 | sin.bal | 【名】鞋 |
| 신호등 | sin.ho.deung | 【名】紅綠燈 |
| 실례하다 | sil.lye.ha.da | 【動】失禮、不禮貌 |
| 실수 | sil.su | 【名】失誤、弄錯 |
| 싫다 | sil.ta | 【形】討厭 |
| 싫어하다 | si.ro*.ha.da | 【動】討厭 |

| 심하다 | sim.ha.da | 【形】嚴重、過份 |
| --- | --- | --- |
| 십 | sip | 【數】十 |
| 싱겁다 | sing.go*p.da | 【形】無聊、味淡 |
| 싸다 | ssa.da | 【形】便宜 |
| 싸우다 | ssa.u.da | 【動】打架、吵架 |
| 쌀 | ssal | 【名】米 |
| 쌓이다 | ssa.i.da | 【動】積壓、累積 |
| 썰다 | sso*l.da | 【動】切 |
| 쓰다 | sseu.da | 【動】寫、書寫 |
| 쓰다 | sseu.da | 【動】戴（帽子、眼鏡） |

| | | |
|---|---|---|
| 쓰다 | sseu.da | 【動】使用 |
| 쓰다 | sseu.da | 【形】（味道）苦 |
| 쓰레기 | sseu.re.gi | 【名】垃圾 |
| 씹다 | ssip.da | 【動】嚼 |
| 씻다 | ssit.da | 【動】洗、洗刷 |

# ㅇ

220

| | | |
|---|---|---|
| 아가씨 | a.ga.ssi | 【名】小姐 |
| 아까 | a.ga | 【副】剛才、剛剛 |
| 아내 | a.ne* | 【名】妻子、太太 |
| 아니다 | a.ni.da | 【形】不是、沒有 |
| 아들 | a.deul | 【名】兒子 |
| 아래 | a.re* | 【名】下面 |
| 아름답다 | a.reum.dap.da | 【形】美麗 |
| 아마 | a.ma | 【副】恐怕、大概 |
| 아무 | a.mu | 【冠】【代】任何、什麼、某、誰 |
| 아버지 | a.bo*.ji | 【名】爸爸 |

221

| | | |
|---|---|---|
| 아빠 | a.ba | 【名】爸爸 |
| 아시아 | a.si.a | 【名】亞洲 |
| 아이 | a.i | 【名】小孩、孩子 |
| 아이스크림 | a.i.seu.keu.rim | 【名】冰淇淋 |
| 아저씨 | a.jo*.ssi | 【名】大叔、叔叔 |
| 아주 | a.ju | 【副】很、非常 |
| 아주머니 | a.ju.mo*.ni | 【名】阿姨、大媽 |
| 아직 | a.jik | 【副】還、尚 |
| 아침 | a.chim | 【名】早餐／早上 |
| 아파트 | a.pa.teu | 【名】公寓 |

# ㅇ



| | | |
|---|---|---|
| 아프다 | a.peu.da | 【形】痛、疼 |
| 아홉 | a.hop | 【數】九 |
| 아흔 | a.heun | 【數】九十 |
| 악기 | ak.gi | 【名】樂器 |
| 안 | an | 【副】不 |
| 안 | an | 【名】內、裡 |
| 안경 | an.gyo*ng | 【名】眼鏡 |
| 안내하다 | an.ne*.ha.da | 【動】帶路、引領 |
| 안녕하다 | an.nyo*ng.ha.d | 【形】平安、好 |
| 안다 | an.da | 【動】抱 |

ㅇ



| | | |
|---|---|---|
| 앉다 | an.da | 【動】坐 |
| 알다 | al.da | 【動】知道 |
| 알리다 | al.li.da | 【動】告訴、通知 |
| 앞 | ap | 【名】前面 |
| 액세서리 | e*k.sse.so*.ri | 【名】首飾 |
| 야구 | ya.gu | 【名】棒球 |
| 야채 | ya.che* | 【名】蔬菜 |
| 약 | yak | 【名】藥 |
| 약국 | yak.guk | 【名】藥局、藥房 |
| 약속 | yak.ssok | 【名】約定、約束 |

| | | |
|---|---|---|
| 얇다 | yap.da | 【形】薄 |
| 양말 | yang.mal | 【名】襪子 |
| 양복 | yang.bok | 【名】西裝 |
| 양파 | yang.pa | 【名】洋蔥 |
| 얘기하다 | ye*.gi.ha.da | 【動】談話、聊天 |
| 어깨 | o*.ge* | 【名】肩膀 |
| 어느 | o*.neu | 【冠】某、哪個 |
| 어둡다 | o*.dup.da | 【形】黑暗 |
| 어디 | o*.di | 【代】哪裡 |
| 어떤 | o*.do*n | 【冠】某、誰、哪個 |

ㅇ

225

| 어떻다 | o*.do*.ta | 【形】怎麼樣 |
| --- | --- | --- |
| 어렵다 | o*.ryo*p.da | 【形】困難、難 |
| 어른 | o*.reun | 【名】大人、成人 |
| 어리다 | o*.ri.da | 【形】幼小、幼齒 |
| 어린이 | o*.ri.ni | 【名】兒童 |
| 어머니 | o*.mo*.ni | 【名】媽媽、母親 |
| 어제 | o*.je | 【副】【名】昨天 |
| 언니 | o*n.ni | 【名】姊姊（妹妹的用語） |
| 언제 | o*n.je | 【副】【代】什麼時候 |
| 얼굴 | o*l.gul | 【名】臉 |

# ㅇ

226

| 얼마 | o*l.ma | 【代】多少 |
| --- | --- | --- |
| 얼음 | o*.reum | 【名】冰、冰塊 |
| 엄마 | o*m.ma | 【名】媽媽 |
| 없다 | o*p.da | 【形】沒有 |
| 에어컨 | e.o*.ko*n | 【名】空調、冷氣 |
| 엘리베이터 | el.li.be.i.to* | 【名】電梯 |
| 여권 | yo*.gwon | 【名】護照 |
| 여기 | yo*.gi | 【代】這裡 |
| 여덟 | yo*.do*l | 【數】八 |
| 여동생 | yo*.dong.se*ng | 【名】妹妹 |

| | | |
|---|---|---|
| 여든 | yo*.deun | 【數】八十 |
| 여러 | yo*.ro* | 【冠】許多、各 |
| 여러분 | yo*.ro*.bun | 【代】各位 |
| 여름 | yo*.reum | 【名】夏天 |
| 여섯 | yo*.so*t | 【數】六 |
| 여자 | yo*.ja | 【名】女子 |
| 여행 | yo*.he*ng | 【名】旅行、旅遊 |
| 역 | yo*k | 【名】車站 |
| 역사 | yo*k.ssa | 【名】歷史 |
| 연락처 | yo*l.lak.cho* | 【名】連絡方式 |

# ㅇ



| | | |
|---|---|---|
| 연세 | yo*n.se | 【名】年紀、年歲 |
| 연습하다 | yo*n.seu.pa.da | 【動】練習 |
| 연예인 | yo*.nye.in | 【名】藝人 |
| 연필 | yo*n.pil | 【名】鉛筆 |
| 연휴 | yo*n.hyu | 【名】連假 |
| 열 | yo*l | 【數】十 |
| 열다 | yo*l.da | 【動】打開 |
| 열리다 | yo*l.li.da | 【動】被開、開張 |
| 열쇠 | yo*l.swe | 【名】鑰匙 |
| 열심히 | yo*l.sim.hi | 【副】積極地、認真地 |

# ㅇ

229

| 엽서 | yo*p.sso* | 【名】明信片 |
|---|---|---|
| 영국 | yo*ng.guk | 【名】英國 |
| 영어 | yo*ng.o* | 【名】英語 |
| 영화 | yo*ng.hwa | 【名】電影 |
| 영화관 | yo*ng.hwa.gwa | 【名】電影院 |
| 옆 | yo*p | 【名】旁邊 |
| 예쁘다 | ye.beu.da | 【形】漂亮 |
| 예순 | ye.sun | 【數】六十 |
| 예약 | ye.yak | 【名】預約 |
| 옛날 | yen.nal | 【名】昔日、以前 |

# ㅇ

230

| | | |
|---|---|---|
| 오 | o | 【數】五 |
| 오늘 | o.neul | 【名】【副】今天 |
| 오다 | o.da | 【動】來 |
| 오래 | o.re* | 【副】好久、許久 |
| 오렌지 | o.ren.ji | 【名】柳橙 |
| 오르다 | o.reu.da | 【動】上、登（山） |
| 오른쪽 | o.reun.jjok | 【名】右邊 |
| 오리 | o.ri | 【名】鴨子 |
| 오빠 | o.ba | 【名】哥哥（妹妹的用語） |
| 오월 | o.wol | 【名】五月 |

# ㅇ

231

| 오이 | o.i | 【名】黃瓜 |
|---|---|---|
| 오전 | o.jo*n | 【名】上午 |
| 오징어 | o.jing.o* | 【名】魷魚 |
| 오후 | o.hu | 【名】下午 |
| 올라가다 | ol.la.ga.da | 【動】上去 |
| 올해 | ol.he* | 【名】今年 |
| 옮기다 | om.gi.da | 【動】搬、搬運 |
| 옷 | ot | 【名】衣服 |
| 와이셔츠 | wa.i.syo*.cheu | 【名】襯衫 |
| 왜 | we* | 【副】為什麼 |

ㅇ

232

| 외국 | we.guk | 【名】外國 |
| --- | --- | --- |
| 외국어 | we.gu.go* | 【名】外語 |
| 외국인 | we.gu.gin | 【名】外國人 |
| 외삼촌 | we.sam.chon | 【名】舅舅 |
| 외출하다 | we.chul.ha.da | 【動】外出 |
| 외할머니 | we.hal.mo*.ni | 【名】外婆 |
| 외할아버지 | we.ha.ra.bo*.ji | 【名】外公 |
| 왼쪽 | wen.jjok | 【名】左邊 |
| 요금 | yo.geum | 【名】費用 |
| 요리 | yo.ri | 【名】菜、料理 |

# ㅇ

233

| 요일 | yo.il | 【名】星期 |
|---|---|---|
| 요즘 | yo.jeum | 【名】最近、進來 |
| 우리 | u.ri | 【代】我們 |
| 우산 | u.san | 【名】雨傘 |
| 우유 | u.yu | 【名】牛奶 |
| 우체국 | u.che.guk | 【名】郵局 |
| 우표 | u.pyo | 【名】郵票 |
| 운동장 | un.dong.jang | 【名】運動場 |
| 운동하다 | un.dong.ha.da | 【動】運動 |
| 운전하다 | un.jo*n.ha.da | 【動】駕駛、開車 |

# ㅇ



| | | |
|---|---|---|
| 울다 | ul.da | 【動】哭 |
| 울리다 | ul.li.da | 【動】響 |
| 움직이다 | um.ji.gi.da | 【動】動彈、動 |
| 웃다 | ut.da | 【動】笑 |
| 원 | won | 【名】圓（韓幣的單位） |
| 원하다 | won.ha.da | 【動】願、希望 |
| 월 | wol | 【名】月 |
| 월급 | wol.geup | 【名】月薪、工資 |
| 월요일 | wo.ryo.il | 【名】星期一 |
| 위 | wi | 【名】上 |

235

| | | |
|---|---|---|
| 위치 | wi.chi | 【名】位置 |
| 위하다 | wi.ha.da | 【動】為、為了 |
| 위험하다 | wi.ho*m.ha.da | 【形】危險 |
| 유럽 | yu.ro*p | 【名】歐洲 |
| 유리 | yu.ri | 【名】玻璃 |
| 유명하다 | yu.myo*ng.ha.da | 【形】有名 |
| 유월 | yu.wol | 【名】六月 |
| 유학 | yu.hak | 【名】留學 |
| 유행 | yu.he*ng | 【名】流行 |
| 육 | yuk | 【數】六 |

ㅇ

236

| 은행 | eun.he*ng | 【名】銀行 |
|---|---|---|
| 음료수 | eum.nyo.su | 【名】飲料 |
| 음식 | eum.sik | 【名】飲食 |
| 음악 | eu.mak | 【名】音樂 |
| 의미 | ui.mi | 【名】意味、意思 |
| 의사 | ui.sa | 【名】醫生 |
| 의자 | ui.ja | 【名】椅子 |
| 이 | i | 【名】牙齒 |
| 이 | i | 【冠】【代】這 |
| 이것 | i.go*t | 【代】這個 |

## ㅇ



| | | |
|---|---|---|
| 이곳 | i.got | 【代】這地方 |
| 이따가 | i.da.ga | 【副】待會 |
| 이런 | i.ro*n | 【冠】這樣的 |
| 이렇다 | i.ro*.ta | 【形】這樣 |
| 이름 | i.reum | 【名】名字 |
| 이메일 | i.me.il | 【名】電子郵件 |
| 이모 | i.mo | 【名】姨媽 |
| 이모부 | i.mo.bu | 【名】姨丈 |
| 이번 | i.bo*n | 【名】這次 |
| 이사 | i.sa | 【名】搬家、遷移 |

# ㅇ

238

| | | |
|---|---|---|
| 이상하다 | i.sang.ha.da | 【形】奇怪、可疑 |
| 이야기하다 | i.ya.gi.ha.da | 【動】講故事、講話 |
| 이용하다 | i.yong.ha.da | 【動】利用 |
| 이월 | i.wol | 【名】二月 |
| 이제 | i.je | 【副】【名】現在、目前 |
| 이쪽 | i.jjok | 【代】這邊 |
| 이틀 | i.teul | 【名】兩天 |
| 이해하다 | i.he*.ha.da | 【動】理解 |
| 인구 | in.gu | 【名】人口 |
| 인기 | in.gi | 【名】人氣 |

| 인도 | in.do | 【名】印度 |
| --- | --- | --- |
| 인사하다 | in.sa.ha.da | 【動】行禮、問候 |
| 인삼 | in.sam | 【名】人蔘 |
| 인상 | in.sang | 【名】印象 |
| 인터넷 | in.to*.net | 【名】網路 |
| 인형 | in.hyo*ng | 【名】人形、娃娃 |
| 일 | il | 【數】一 |
| 일 | il | 【量】日、天 |
| 일곱 | il.gop | 【數】七 |
| 일기 | il.gi | 【名】日記 |

| | | |
|---|---|---|
| 일기예보 | il.gi.ye.bo | 【名】天氣預報 |
| 일본 | il.bon | 【名】日本 |
| 일본어 | il.bo.no* | 【名】日語 |
| 일어나다 | i.ro*.na.da | 【動】起床、站起來 |
| 일요일 | i.ryo.il | 【名】星期日 |
| 일월 | i.rwol | 【名】一月 |
| 일주일 | il.ju.il | 【名】一週 |
| 일찍 | il.jjik | 【副】早 |
| 일하다 | il.ha.da | 【動】做事、工作 |
| 일흔 | il.heun | 【數】七十 |

ㅇ

241

| 읽다 | ik.da | 【動】念、讀 |
|---|---|---|
| 잃다 | il.ta | 【動】丟失、失去 |
| 입 | ip | 【名】嘴 |
| 입다 | ip.da | 【動】穿 |
| 입원하다 | i.bwon.ha.da | 【動】住院 |
| 입학 | i.pak | 【名】入學 |
| 있다 | it.da | 【動】【形】有、在 |
| 잊다 | it.da | 【動】忘記 |

# ㅈ

242

| | | |
|---|---|---|
| 자기 | ja.gi | 【名】自己 |
| 자다 | ja.da | 【動】睡覺 |
| 자동차 | ja.dong.cha | 【名】汽車 |
| 자료 | ja.ryo | 【名】資料 |
| 자리 | ja.ri | 【名】座位 |
| 자신 | ja.sin | 【名】自己 |
| 자연 | ja.yo*n | 【名】自然 |
| 자전거 | ja.jo*n.go* | 【名】腳踏車 |
| 자주 | ja.ju | 【副】常常、時常 |
| 작년 | jang.nyo*n | 【名】去年 |

| | | |
|---|---|---|
| 작다 | jak.da | 【形】小 |
| 잔치 | jan.chi | 【名】宴會、酒席 |
| 잘 | jal | 【副】好好地、很會 |
| 잘못 | jal.mot | 【副】【名】錯、不對 |
| 잘하다 | jal.ha.da | 【動】做的好、擅長 |
| 잠깐 | jam.gan | 【名】【副】一會兒 |
| 잠자다 | jam.ja.da | 【動】睡覺 |
| 잡다 | jap.da | 【動】抓、握、掌握 |
| 잡지 | jap.jji | 【名】雜誌 |
| 장 | jang | 【量】（一）張 |

| | | |
|---|---|---|
| 장갑 | jang.gap | 【名】手套 |
| 장마철 | jang.ma.cho*l | 【名】梅雨季 |
| 장미 | jang.mi | 【名】玫瑰 |
| 장소 | jang.so | 【名】場所、地方 |
| 장점 | jang.jo*m | 【名】長處、優點 |
| 재료 | je*.ryo | 【名】材料 |
| 재미없다 | je*.mi.o*p.da | 【形】沒意思、無趣 |
| 재미있다 | je*.mi.it.da | 【形】有意思、有趣 |
| 저 | jo* | 【冠】【代】那 |
| 저 | jo* | 【代】我 |

| | | |
|---|---|---|
| 것 | jo*.go*t | 【依】東西、事情、情況 |
| 저곳 | jo*.got | 【代】那地方 |
| 저기 | jo*.gi | 【代】那裡、那兒 |
| 저녁 | jo*.nyo*k | 【名】晚餐／晚上 |
| 저쪽 | jo*.jjok | 【代】那邊 |
| 저희 | jo*.hi | 【代】我們 |
| 적다 | jo*k.da | 【形】少 |
| 전하다 | jo*n.ha.da | 【動】傳遞、流傳 |
| 전화 | jo*n.hwa | 【名】電話 |
| 전화번호 | jo*n.hwa.bo*n.ho | 【名】電話號碼 |

| | | |
|---|---|---|
| 절 | jo*l | 【名】寺、廟 |
| 젊다 | jo*m.da | 【形】年輕 |
| 점수 | jo*m.su | 【名】分數 |
| 점심 | jo*m.sim | 【名】午飯 |
| 점원 | jo*.mwon | 【名】店員 |
| 젓가락 | jo*t.ga.rak | 【名】筷子 |
| 정도 | jo*ng.do | 【名】程度 |
| 정리하다 | jo*ng.ni.ha.da | 【動】整理、整頓 |
| 정말 | jo*ng.mal | 【副】真的 |
| 정하다 | jo*ng.ha.da | 【動】決定 |

| | | |
|---|---|---|
| 제목 | je.mok | 【名】題目 |
| 제일 | je.il | 【名】【副】最、第一 |
| 조금 | jo.geum | 【副】【名】稍微、一點 |
| 조심하다 | jo.sim.ha.da | 【動】小心、謹慎 |
| 조용하다 | jo.yong.ha.da | 【形】安靜、平靜 |
| 조카 | jo.ka | 【名】侄子、侄女 |
| 졸업하다 | jo.ro*.pa.da | 【動】畢業 |
| 좀 | jom | 【副】稍微、有點 |
| 좁다 | jop.da | 【形】窄小、狹窄 |
| 종류 | jong.nyu | 【名】種類 |

| 종업원 | jong.o*.bwon | 【名】服務生、雇員 |
|---|---|---|
| 종이 | jong.i | 【名】紙 |
| 좋다 | jo.ta | 【形】好、喜歡 |
| 좋아하다 | jo.a.ha.da | 【動】喜歡 |
| 죄송하다 | jwe.song.ha.da | 【形】抱歉、對不起 |
| 주다 | ju.da | 【動】給予 |
| 주말 | ju.mal | 【名】週末 |
| 주머니 | ju.mo*.ni | 【名】口袋、荷包 |
| 주무시다 | ju.mu.si.da | 【動】睡覺（자다的敬語） |
| 주문하다 | ju.mun.ha.da | 【動】訂購、點餐 |

249

| 주소 | ju.so | 【名】地址 |
|---|---|---|
| 주스 | ju.seu | 【名】果汁 |
| 주위 | ju.wi | 【名】周圍 |
| 주인 | ju.in | 【名】主人、主人翁 |
| 주차장 | ju.cha.jang | 【名】停車場 |
| 죽 | juk | 【名】粥 |
| 죽다 | juk.da | 【動】死 |
| 준비하다 | jun.bi.ha.da | 【動】準備 |
| 중국 | jung.guk | 【名】中國 |
| 중국어 | jung.gu.go* | 【名】中文 |

| | | |
|---|---|---|
| 중심 | jung.sim | 【名】中心 |
| 중요하다 | jung.yo.ha.da | 【形】重要 |
| 중학교 | jung.hak.gyo | 【名】國中 |
| 즐겁다 | jeul.go*p.da | 【形】高興、愉快 |
| 즐기다 | jeul.gi.da | 【動】愛好、喜愛 |
| 지갑 | ji.gap | 【名】錢包 |
| 지금 | ji.geum | 【副】【名】現在 |
| 지나다 | ji.na.da | 【動】經過、過去 |
| 지내다 | ji.ne*.da | 【動】過（日子） |
| 지도 | ji.do | 【名】地圖 |

| 지방 | ji.bang | 【名】地方、地區 |
|---|---|---|
| 지우개 | ji.u.ge* | 【名】橡皮擦 |
| 지키다 | ji.ki.da | 【動】遵守、保守 |
| 지하도 | ji.ha.do | 【名】地下道 |
| 지하철 | ji.ha.cho*l | 【名】地鐵 |
| 직업 | ji.go*p | 【名】職業 |
| 직원 | ji.gwon | 【名】職員 |
| 직장 | jik.jjang | 【名】職場、工作崗位 |
| 직접 | jik.jjo*p | 【副】直接、親自 |
| 질문 | jil.mun | 【名】詢問、提問 |

| | | |
|---|---|---|
| 짐 | jim | 【名】行李 |
| 집 | jip | 【名】家、房屋 |
| 짓다 | jit.da | 【動】蓋（房子） |
| 짜다 | jja.da | 【形】鹹 |
| 짧다 | jjal.da | 【形】短 |
| 쯤 | jjeum | 【接尾】左右、程度 |
| 찍다 | jjik.da | 【動】蓋（章）、拍（照） |

# ㅊ

253

| | | |
|---|---|---|
| 차 | cha | 【名】車／茶 |
| 차갑다 | cha.gap.da | 【形】涼、冷冰 |
| 착하다 | cha.ka.da | 【形】善良 |
| 참 | cham | 【副】真正、真 |
| 창문 | chang.mun | 【名】窗戶 |
| 찾다 | chat.da | 【動】找、尋找 |
| 채소 | che*.so | 【名】蔬菜 |
| 책 | che*k | 【名】書、書籍、冊 |
| 책상 | che*k.ssang | 【名】書桌 |
| 처음 | cho*.eum | 【名】初次、第一次 |

ㅊ

254

| | | |
|---|---|---|
| 천 | cho*n | 【數】千 |
| 천천히 | cho*n.cho*n.hi | 【副】慢慢地 |
| 첫 | cho*t | 【冠】【接】第一次 |
| 청바지 | cho*ng.ba.ji | 【名】牛仔褲 |
| 청소하다 | cho*ng.so.ha.da | 【動】打掃 |
| 초대하다 | cho.de*.ha.da | 【動】招待 |
| 초등학교 | cho.deung.hak.gyo | 【名】小學 |
| 촬영하다 | chwa.ryo*ng.ha.da | 【動】攝影 |
| 최고 | chwe.go | 【名】最好、最高 |
| 추다 | chu.da | 【動】跳（舞） |

| 추석 | chu.so*k | 【名】中秋 |
|---|---|---|
| 추억 | chu.o*k | 【名】回憶、回想 |
| 축구 | chuk.gu | 【名】足球 |
| 축제 | chuk.jje | 【名】慶典 |
| 축하하다 | chu.ka.ha.da | 【動】祝賀、恭喜 |
| 출구 | chul.gu | 【名】出口 |
| 출근하다 | chul.geun.ha.da | 【動】上班 |
| 출발하다 | chul.bal.ha.da | 【動】出發 |
| 출장 | chul.jang | 【名】出差 |
| 춤추다 | chum.chu.da | 【動】跳舞 |

| | | |
|---|---|---|
| 춥다 | chup.da | 【形】冷 |
| 취미 | chwi.mi | 【名】興趣、愛好 |
| 취소하다 | chwi.so.ha.da | 【動】取消、廢除 |
| 취직하다 | chwi.ji.ka.da | 【動】就業 |
| 치마 | chi.ma | 【名】裙子 |
| 치약 | chi.yak | 【名】牙膏 |
| 친구 | chin.gu | 【名】朋友 |
| 친절하다 | chin.jo*l.ha.da | 【形】親切 |
| 친척 | chin.cho*k | 【名】親戚 |
| 친하다 | chin.ha.da | 【形】親近、親密 |

ㅊ

257

| | | |
|---|---|---|
| 칠 | chil | 【數】七 |
| 칠월 | chi.rwol | 【名】七月 |
| 칠판 | chil.pan | 【名】黑板 |
| 침대 | chim.de* | 【名】床 |

| 카드 | ka.deu | 【名】卡片、賀卡 |
|---|---|---|
| 카레 | ka.re | 【名】咖哩 |
| 카메라 | ka.me.ra | 【名】照相機 |
| 칼 | kal | 【名】刀子 |
| 캐나다 | ke*.na.da | 【名】加拿大 |
| 커피 | ko*.pi | 【名】咖啡 |
| 커피숍 | ko*.pi.syop | 【名】咖啡店 |
| 컴퓨터 | ko*m.pyu.to* | 【名】電腦 |
| 컵 | ko*p | 【名】杯子 |
| 케이크 | ke.i.keu | 【名】蛋糕 |

259

| 켜다 | kyo*.da | 【動】開（燈） |
|---|---|---|
| 코 | ko | 【名】鼻子 |
| 코트 | ko.teu | 【名】外套、大衣 |
| 콜라 | kol.la | 【名】可樂 |
| 콩 | kong | 【名】大豆、黃豆 |
| 크다 | keu.da | 【形】大 |
| 크리스마스 | keu.ri.seu.ma.seu | 【名】聖誕節 |
| 키 | ki | 【名】個子、身高 |

260

| 타다 | ta.da | 【動】騎、乘、坐 |
| --- | --- | --- |
| 탁구 | tak.gu | 【名】桌球、乒乓球 |
| 태국 | te*.guk | 【名】泰國 |
| 태권도 | te*.gwon.do | 【名】跆拳道 |
| 태어나다 | te*.o*.na.da | 【動】出生 |
| 태풍 | te*.pung | 【名】颱風 |
| 테니스 | te.ni.seu | 【名】網球 |
| 테이블 | te.i.beul | 【名】桌子 |
| 텔레비전 | tel.le.bi.jo*n | 【名】電視 |
| 토마토 | to.ma.to | 【名】蕃茄 |

ㅌ



| | | |
|---|---|---|
| 토요일 | to.yo.il | 【名】星期六 |
| 통장 | tong.jang | 【名】存摺 |
| 퇴근하다 | twe.geun.ha.da | 【動】下班 |
| 특별히 | teuk.byo*l.hi | 【副】特別 |
| 특히 | teuk.gi | 【副】特別 |
| 틀다 | teul.da | 【動】扭、開（電器） |
| 틀리다 | teul.li.da | 【動】錯、不對 |
| 티셔츠 | ti.syo*.cheu | 【名】T恤 |
| 팀 | tim | 【名】隊、組 |

# ㅍ

262

| | | |
|---|---|---|
| 파 | pa | 【名】蔥 |
| 파란색 | pa.ran.se*k | 【名】藍色 |
| 파티 | pa.ti | 【名】派對 |
| 팔 | pal | 【名】手臂、胳膊 |
| 팔 | pal | 【數】八 |
| 팔다 | pal.da | 【動】賣、出售 |
| 팔월 | pa.rwol | 【名】八月 |
| 패션 | pe*.syo*n | 【名】時裝 |
| 펴다 | pyo*.da | 【動】打開、翻開 |
| 편지 | pyo*n.ji | 【名】信、書信 |

| | | |
|---|---|---|
| 편하다 | pyo*n.ha.da | 【形】方便、舒服 |
| 평일 | pyo*ng.il | 【名】平日 |
| 포도 | po.do | 【名】葡萄 |
| 포장 | po.jang | 【名】包裝 |
| 표 | pyo | 【名】票 |
| 풀 | pul | 【名】草 |
| 프랑스 | peu.rang.seu | 【名】法國 |
| 프로그램 | peu.ro.geu.re*m | 【名】節目 |
| 피곤하다 | pi.gon.ha.da | 【形】疲累、累 |
| 피다 | pi.da | 【動】開（花） |

| 피아노 | pi.a.no | 【名】鋼琴 |
|---|---|---|
| 피우다 | pi.u.da | 【動】抽（菸） |
| 피자 | pi.ja | 【名】披薩 |
| 필름 | pil.leum | 【名】膠卷、底片 |
| 필요하다 | pi.ryo.ha.da | 【形】需要、必要 |
| 필통 | pil.tong | 【名】筆筒、鉛筆盒 |

# ㅎ

265

| | | |
|---|---|---|
| 하나 | ha.na | 【數】一 |
| 하늘 | ha.neul | 【名】天空 |
| 하다 | ha.da | 【動】做、辦、作 |
| 하루 | ha.ru | 【名】一天 |
| 하숙 | ha.suk | 【名】寄宿 |
| 하얀색 | ha.yan.se*k | 【名】白色 |
| 학교 | hak.gyo | 【名】學校 |
| 학기 | hak.gi | 【名】學期 |
| 학년 | hang.nyo*n | 【名】學年、年級 |
| 학생 | hak.sse*ng | 【名】學生 |

# ㅎ



| 학원 | ha.gwon | 【名】補習班 |
| --- | --- | --- |
| 한 | han | 【冠】一 |
| 한국 | han.guk | 【名】韓國 |
| 한국말 | han.gung.mal | 【名】韓國話 |
| 한국어 | han.gu.go* | 【名】韓國語 |
| 한글 | han.geul | 【名】韓文 |
| 한복 | han.bok | 【名】韓服 |
| 한식 | han.sik | 【名】韓國料理 |
| 한자 | han.ja | 【名】漢字 |
| 할머니 | hal.mo*.ni | 【名】奶奶 |

# ㅎ



| | | |
|---|---|---|
| 할아버지 | ha.ra.bo*.ji | 【名】爺爺 |
| 할인 | ha.rin | 【名】折扣 |
| 함께 | ham.ge | 【副】一起 |
| 합격 | hap.gyo*k | 【名】合格 |
| 항상 | hang.sang | 【副】經常、常常 |
| 해 | he* | 【名】太陽 |
| 해외 | he*.we | 【名】海外 |
| 핸드폰 | he*n.deu.pon | 【名】手機 |
| 햄버거 | he*m.bo*.go* | 【名】漢堡 |
| 행복 | he*ng.bok | 【名】幸福 |

ㅎ

268

| 행사 | he*ng.sa | 【名】活動 |
|---|---|---|
| 허리 | ho*.ri | 【名】腰 |
| 현금 | hyo*n.geum | 【名】現金 |
| 현재 | hyo*n.je* | 【名】現在 |
| 형 | hyo*ng | 【名】哥哥（弟弟的用語） |
| 형제 | hyo*ng.je | 【名】兄弟 |
| 호랑이 | ho.rang.i | 【名】老虎 |
| 호주 | ho.ju | 【名】澳大利亞 |
| 호텔 | ho.tel | 【名】酒店、飯店 |
| 혼자 | hon.ja | 【名】獨自、單獨 |

ㅎ

269

| | | |
|---|---|---|
| 홈페이지 | hom.pe.i.ji | 【名】網頁、主頁 |
| 홍차 | hong.cha | 【名】紅茶 |
| 화 | hwa | 【名】脾氣 |
| 화가 | hwa.ga | 【名】畫家 |
| 화나다 | hwa.na.da | 【動】生氣 |
| 화요일 | hwa.yo.il | 【名】星期二 |
| 화장실 | hwa.jang.sil | 【名】化妝室 |
| 화장품 | hwa.jang.pum | 【名】化妝品 |
| 화장하다 | hwa.jang.ha.da | 【動】化妝 |
| 환영하다 | hwa.nyo*ng.ha.da | 【動】歡迎 |

ㅎ

270

| 환자 | hwan.ja | 【名】患者、病人 |
|---|---|---|
| 회사 | hwe.sa | 【名】公司 |
| 회사원 | hwe.sa.won | 【名】公司員工 |
| 회색 | hwe.se*k | 【名】灰色 |
| 회의 | hwe.ui | 【名】會議 |
| 후배 | hu.be* | 【名】後輩、晚輩 |
| 휴가 | hyu.ga | 【名】休假 |
| 휴대전화 | hyu.de*.jo*n.hwa | 【名】手機 |
| 휴일 | hyu.il | 【名】假日 |
| 휴지 | hyu.ji | 【名】衛生紙 |

## ㅎ

271

| 흐리다 | heu.ri.da | 【形】陰沉 |
|---|---|---|
| 흰색 | hin.se*k | 【名】白色 |
| 힘 | him | 【名】力量、力氣 |
| 힘들다 | him.deul.da | 【形】吃力、難、辛苦 |

你一定要會的

# 基礎韓語40音

꼭 배워야 하는

꼭 배워야 하는 한국어 기초 발음

꼭 배워야 하는

꼭 배워야 하는

한국어 기초 발음

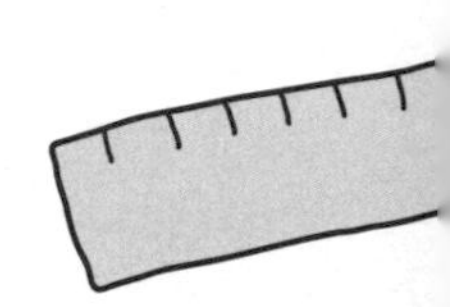

第十章

# 韓語生活會話

# 招呼語

안녕하세요.
an.nyo*ng.ha.se.yo
你好。

잘 지내세요?
jal/jji.ne*.se.yo
你過得好嗎？

안녕히 가세요.
an.nyo*ng.hi/ga.se.yo
再見。（向離開要走的人）

안녕히 계세요.
an.nyo*ng.hi/gye.se.yo
再見。（向留在原地的人）

내일 봐요.
ne*.il/bwa.yo
明天見。

잘 다녀오세요.
jal/da.nyo*.o.se.yo
路上小心。

다녀오셨습니까?
da.nyo*.o.syo*t.sseum.ni.ga
您回來了。

안녕히 주무세요.
an.nyo*ng.hi/ju.mu.se.yo
晚安。（對長輩）

안녕히 주무셨습니까?
an.nyo*ng.hi/ju.mu.syo*t.sseum.ni.ga
您睡得好嗎？／早安。

273

어제 잘 잤어요?
o*.je/jal/jja.sso*.yo
昨天你睡得好嗎？

## 禮貌用語

감사합니다.
gam.sa.ham.ni.da
謝謝。

고맙습니다.
go.map.sseum.ni.da
謝謝。

천만에요.
cho*n.ma.ne.yo
不客氣。

도와 주셔서 감사합니다.
do.wa/ju.syo*.so*/gam.sa.ham.ni.da
謝謝您的幫忙。

죄송합니다.
jwe.song.ham.ni.da
對不起。

미안합니다.
mi.an.ham.ni.da
對不起。

폐를 끼쳐서 죄송합니다. 274
pye.reul/gi.cho*.so*/jwe.song.ham.ni.da
給你添麻煩了，對不起。

생일 축하합니다.
se*ng.il/chu.ka.ham.ni.da
祝你生日快樂！

즐거운 여행이 되세요.
jeul.go*.un/yo*.he*ng.i/dwe.se.yo
祝你旅行愉快。

새해 복 많이 받으세요.
se*.he*/bok/ma.ni/ba.deu.se.yo
新年快樂！

정말 대단하군요.
jo*ng.mal/de*.dan.ha.gu.nyo
真了不起！

힘 내세요.
him/ne*.se.yo
加油！

안 됩니다.
an/dwem.ni.da
不行。

## 初次見面

처음 뵙겠습니다.
cho*.eum/bwep.get.sseum.ni.da
初次見面。

275

성함은 어떻게 되십니까?
so*ng.ha.meun/o*.do*.ke/dwe.sim.ni.ga
請問您貴姓大名？

이름이 뭐예요?
i.reu.mi/mwo.ye.yo
你的名字是？

제 이름은 최지우입니다.
je/i.reu.meun/chwe.ji.u.im.ni.da
我的名字是崔智友。

저는 대만 사람입니다.
jo*.neun/de*.man/sa.ra.mim.ni.da
我是台灣人。

## 吃飯用語

식사했어요?
sik.ssa.he*.sso*.yo
你用餐了嗎？

배가 고파요.
be*.ga/go.pa.yo
我肚子餓。

잘 먹겠습니다.
jal/mo*k.get.sseum.ni.da
我要開動了。

뭐 먹고 싶습니까?
mwo/mo*k.go/sip.sseum.ni.ga
你想吃什麼？

김치찌개를 먹고 싶어요.

276

gim.chi.jji.ge*.reul/mo*k.go/si.po*.yo

我想吃泡菜鍋。

이걸로 주세요.

i.go*l.lo/ju.se.yo

我要點這個。

맛있는 거 추천 좀 해 주세요.

ma.sin.neun/go*/chu.cho*n/jom/he*/ju.se.yo

請推薦好吃的給我。

삼겹살 이인분 주세요.

sam.gyo*p.ssal/i.in.bun/ju.se.yo

給我兩人份的五花肉。

너무 맵지 않게 해 주세요.

no*.mu/me*p.jji/an.ke/he*/ju.se.yo

請不要太辣。

맛이 어떻습니까?

ma.si/o*.do*.sseum.ni.ga

味道怎麼樣？

정말 맛있네요.

jo*ng.mal/ma.sin.ne.yo

真的很好吃耶！

별로 맛없어요.

byo*l.lo/ma.do*p.sso*.yo

不怎麼好吃。

반찬을 좀 더 주세요.

ban.cha.neul/jjom/do*/ju.se.yo

請再給我一些小菜。

277

많이 드십시오.
ma.ni/deu.sip.ssi.o
請多吃一點。

제가 한턱 낼게요.
je.ga/han.to*k/ne*l.ge.yo
我請客。

이걸 좀 싸 주세요.
i.go*l/jom/ssa/ju.se.yo
這個請幫我打包。

## 喝酒場合

뭘 마시겠습니까?
mwol/ma.si.get.sseum.ni.ga
您要喝什麼？

술 마셔요?
sul/ma.syo*.yo
你喝酒嗎？

한 잔 어때요?
han/jan/o*.de*.yo
要不要喝一杯？

술은 어떤 게 있나요?
su.reun/o*.do*n/ge/in.na.yo
酒有哪些？

안주는 무엇이 있어요?
an.ju.neun/mu.o*.si/i.sso*.yo
有什麼下酒菜？

맥주 한 잔 주세요.

278

me*k.jju/han/jan/ju.se.yo
請給我一杯啤酒。

소주 한 병 더 주세요.
so.ju/han/byo*ng/do*/ju.se.yo
請再給我一瓶燒酒。

자, 모두들 건배합시다.
ja//mo.du.deul/go*n.be*.hap.ssi.da
來，大家一起乾杯。

건배!
go*n.be*
乾杯！

원샷! 원샷!
won.syat/won.syat
一口氣喝光吧！

여러분의 성공을 위해서 건배!
yo*.ro*.bu.nui/so*ng.gong.eul/wi.he*.so*/go*n.be*
為了各位的成功乾杯！

## 電話溝通

여보세요, 서울 호텔이죠?
yo*.bo.se.yo//so*.ul/ho.te.ri.jyo
喂，請問是首爾飯店嗎？

누구십니까?
nu.gu.sim.ni.ga
請問你是哪位？

279

민영 씨 집에 있어요?
mi.nyo*ng/ssi/ji.be/i.sso*.yo
敏英小姐在家嗎？

실례지만, 누구시죠?
sil.lye.ji.man//nu.gu.si.jyo
不好意思，您是哪位？

김선생님 좀 바꿔 주세요.
gim.so*n.se*ng.nim/jom/ba.gwo/ju.se.yo
麻煩請金老師聽電話。

죄송하지만 지금 통화 중이십니다.
jwe.song.ha.ji.man/ji.geum/tong.hwa/jung.i.sim.ni.da
對不起，他正通話中。

전화 왔어요. 얼른 받으세요.
jo*n.hwa/wa.sso*.yo//o*l.leun/ba.deu.se.yo
電話響了，快接。

몇 번 거셨어요?
myo*t/bo*n/go*.syo*.sso*.yo
你撥幾號？

잘못 거셨습니다.
jal.mot/go*.syo*t.sseum.ni.da
你打錯了。

전화번호가 어떻게 됩니까?
yo*.gi.so*/guk.jje.jo*n.hwa.reul/hal/ssu/in.na.yo
電話號碼是多少？

여기서 국제전화를 할 수 있나요?
yo*.gi.so*/guk.jje.jo*n.hwa.reul/hal/ssu/in.na.yo
這裡可以打國際電話嗎？

또 전화할게요.
do/jo*n.hwa.hal.ge.yo
我再打電話給你。

280

지금 통화할 수 있어요?
ji.geum/tong.hwa.hal/ssu/i.sso*.yo
現在你可以講電話嗎？

전화 끊을게요.
jo*n.hwa/geu.neul.ge.yo
我要掛電話了。

잘 안 들려요.
jal/an/deul.lyo*.yo
聽不太清楚。

## 詢問時間天氣

오늘은 몇 월 며칠입니까?
o.neu.reun/myo*t/wol/myo*.chi.rim.ni.ga
今天幾月幾號？

지금 몇 시입니까?
ji.geum/myo*t/si.im.ni.ga
現在幾點？

오늘 무슨 요일입니까?
o.neul/mu.seun/yo.i.rim.ni.ga
今天星期幾？

오늘 금요일입니다.
o.neul/geu.myo.i.rim.ni.da
今天星期五。

오늘이 무슨 날일까요?

281

o.neu.ri/mu.seun/na.ril.ga.yo
今天是什麼日子？

오늘 날씨가 어떻습니까?
o.neul/nal.ssi.ga/o*.do*.sseum.ni.ga
今天天氣如何？

식당은 몇 시에 시작합니까?
sik.dang.eun/myo*t/si.e/si.ja.kam.ni.ga
餐廳幾點開始營業？

밖에 날씨가 어떤가요?
ba.ge/nal.ssi.ga/o*.do*n.ga.yo
外面天氣怎麼樣？

## 相關詢問

내일 안 와도 돼요?
ne*.il/an/wa.do/dwe*.yo
明天可以不來嗎？

뭐라고요?
mwo.ra.go.yo
你說什麼？

어디 가세요?
o*.di/ga.se.yo
你要去哪裡？

뭐 하세요?
mwo/ha.se.yo
你在做什麼？

282

오늘은 뭐 할 거예요?
o.neu.reun/mwo/hal/go*.ye.yo
今天你要做什麼？

그래요?
geu.re*.yo
是嗎？

정말이에요?
jo*ng.ma.ri.e.yo
真的嗎？

진짜야?
jin.jja.ya
真的嗎？

질문 하나 해도 될까요?
jil.mun/ha.na/he*.do/dwel.ga.yo
我可以問個問題嗎？

어떻습니까?
o*.do*.sseum.ni.ga
如何呢？

지금 시간 있어요?
ji.geum/si.gan/i.sso*.yo
現在有空嗎？

제 말을 이해합니까?
je/ma.reul/i.he*.ham.ni.ga
聽得懂我講的話嗎？

어떡하죠?
o*.do*.ka.jyo
怎麼辦？

당신은 누구입니까?

283

dang.si.neun/nu.gu.im.ni.ga
您是誰？

아무도 없어요?
a.mu.do/o*p.sso*.yo
沒有人嗎？

## 聊天

취미는 무엇입니까?
chwi.mi.neun/mu.o*.sim.ni.ga
您的興趣是什麼？

무슨 일을 하세요?
mu.seun/i.reul/ha.se.yo
您的工作是？

그것이 무엇입니까?
geu.go*.si/mu.o*.sim.ni.ga
那是什麼？

무슨 일이 있어요?
mu.seun/i.ri/i.sso*.yo
有什麼事呢？

연세가 어떻게 되십니까?
yo*n.se.ga/o*.do*.ke/dwe.sim.ni.ga
請問您貴庚？

한국어를 할 줄 아세요?
han.gu.go*.reul/hal/jjul/a.se.yo
你會說韓語嗎？

뭘 좋아해요?
mwol/jo.a.he*.yo
你喜歡什麼？

284

결혼하셨습니까?
gyo*l.hon.ha.syo*t.sseum.ni.ga
您結婚了嗎？

언제 결혼할 거예요?
o*n.je/gyo*l.hon.hal/go*.ye.yo
你什麼時候要結婚？

어떤 남자를 좋아하십니까?
o*.do*n/nam.ja.reul/jjo.a.ha.sim.ni.ga
你喜歡什麼樣的男生？

남자친구가 있습니까?
nam.ja.chin.gu.ga/it.sseum.ni.ga
你有男朋友嗎？

어떻게 생각합니까?
o*.do*.ke/se*ng.ga.kam.ni.ga
你覺得如何？

## 問路

아주 먼 길이에요?
a.ju/mo*n/gi.ri.e.yo
路程很遠嗎？

제가 길을 잃었어요.
je.ga/gi.reul/i.ro*.sso*.yo
我迷路了。

285

어떻게 가야 됩니까?
o*.do*.ke/ga.ya/dwem.ni.ga
該怎麼去呢？

여기는 어디입니까?
yo*.gi.neun/o*.di.im.ni.ga
這裡是哪裡？

좀 도와 주시겠습니까?
jom/do.wa/ju.si.get.sseum.ni.ga
可以幫忙嗎？

뭐 좀 부탁 드려도 돼요?
mwo/jom/bu.tak/deu.ryo*.do/dwe*.yo
可以拜託你幫忙嗎？

## 逛街購物

우리 쇼핑하러 갈까요?
u.ri/syo.ping.ha.ro*/gal.ga.yo
我們去逛街好不好？

무엇을 삽니까?
mu.o*.seul/ssam.ni.ga
買什麼？

뭘 사고 싶어요?
mwol/sa.go/si.po*.yo
你想買什麼？

이 근처에 옷가게가 있나요?
i/geun.cho*.e/ot.ga.ge.ga/in.na.yo
這附近有服飾店嗎？

여성복은 몇 층에 있나요?
yo*.so*ng.bo.geun/myo*t/cheung.e/in.na.yo
女性服飾在幾樓？

286

여기 화장품을 팝니까?
yo*.gi/hwa.jang.pu.meul/pam.ni.ga
這裡有買化妝品嗎？

무엇을 도와 드릴까요?
ji.geum/se.il/jung.im.ni.ga
能幫您什麼忙？

지금 세일 중입니까?
ji.geum/se.il/jung.im.ni.ga
現在在打折嗎？

저것 좀 보여 주세요.
jo*.go*t/jom/bo.yo*/ju.se.yo
請給我看那個。

탈의실이 어디에 있습니까?
ta.rui.si.ri/o*.di.e/it.sseum.ni.ga
試衣間在哪裡？

입어봐도 될까요?
i.bo*.bwa.do/dwel.ga.yo
我可以試穿嗎？

다른 색이 있습니까?
da.reun/se*.gi/it.sseum.ni.ga
有其他顏色嗎？

발 사이즈가 어떻게 되세요?
bal/ssa.i.jeu.ga/o*.do*.ke/dwe.se.yo
您腳的尺寸是多少？

287

너무 큽니다.
no*.mu/keum.ni.da
太大了。

다른 디자인은 있습니까?
da.reun/di.ja.i.neun/it.sseum.ni.ga
有其他的設計嗎？

이 색상이 저한테 잘 어울려요?
i/se*k.ssang.i/jo*.han.te/jal/o*.ul.lyo*.yo
這個顏色適合我嗎？

이거 얼마입니까?
i.go*/o*l.ma.im.ni.ga
這個多少錢？

좀 깎아 주세요.
jom/ga.ga/ju.se.yo
算便宜一點吧！

너무 비싸군요.
no*.mu/bi.ssa.gu.nyo
太貴了。

잠시 생각 좀 해 보겠습니다.
jam.si/se*ng.gak/jom/he*/bo.get.sseum.ni.da
我再考慮一下。

지불은 어떻게 하시겠습니까?
ji.bu.reun/o*.do*.ke/ha.si.get.sseum.ni.ga
您要怎麼付款？

카드로 지불할게요.
ka.deu.ro/ji.bul.hal.ge.yo
我要用信用卡付款。

현금으로 지불하겠습니다.
hyo*n.geu.meu.ro/ji.bul.ha.get.sseum.ni.da
我要用現金付款。

288

포장을 해 줄 수 있어요?
po.jang.eul/he*/jul/su/i.sso*.yo
可以幫我包裝嗎？

이것을 환불 받고 싶은데요.
i.go*.seul/hwan.bul/bat.go/si.peun.de.yo
這個我想退費。

## 其他

이 소포를 대만으로 보내고 싶어요.
i/so.po.reul/de*.ma.neu.ro/bo.ne*.go/si.po*.yo
我想把這個包裹寄到台灣。

대만까지 며칠이면 도착합니까?
de*.man.ga.ji/myo*.chi.ri.myo*n/do.cha.kam.ni.ga
送達台灣需要幾天時間？

환전해 주세요.
hwan.jo*n.he*/ju.se.yo
請幫我換錢。

헤어스타일을 바꾸고 싶은데요.
he.o*.seu.ta.i.reul/ba.gu.go/si.peun.de.yo
我想改變髮型。

병원이 어디에 있습니까?
byo*ng.wo.ni/o*.di.e/it.sseum.ni.ga
醫院在哪裡？

289

어디가 아프세요?
o*.di.ga/a.peu.se.yo
你哪裡不舒服？

멀미약 좀 주시겠어요?
mo*l.mi.yak/jom/ju.si.ge.sso*.yo
可以給我一點暈車藥嗎？

사진 좀 찍어주세요.
sa.jin/jom/jji.go*.ju.se.yo
請幫我照相。

國家圖書館出版品預行編目資料

你一定要會的基礎韓語40音 / 雅典韓研所企編.
-- 初版. -- 新北市 : 雅典文化, 民102.09
面 ; 公分. -- (韓語學習 ; 2)
ISBN 978-986-6282-92-8(平裝附光碟片)
1.韓語 2.讀本
803.28 102013494

韓語學習系列 02

# 你一定要會的基礎韓語40音

編 著／雅典韓研所
責任編輯／呂欣穎
美術編輯／林于婷
封面設計／蕭若辰

法律顧問：方圓法律事務所／涂成樞律師

總經銷：永續圖書有限公司
永續圖書線上購物網
www.foreverbooks.com.tw
CVS代理／美璟文化有限公司
TEL：(02) 2723-9968
FAX：(02) 2723-9668

出版日／2013年09月

出版社
22103 新北市汐止區大同路三段194號9樓之1
TEL (02) 8647-3663
FAX (02) 8647-3660

韓語學習
02

# 你一定要會的基礎韓語40音

雅致風靡　典藏文化

親愛的顧客您好，感謝您購買這本書。即日起，填寫讀者回函卡寄回至本公司，我們每月將抽出一百名回函讀者，寄出精美禮物並享有生日當月購書優惠！想知道更多更即時的消息，歡迎加入"永續圖書粉絲團"

您也可以選擇傳真、掃描或用本公司準備的免郵回函寄回，謝謝。

傳真電話：（02）8647-3660　　電子信箱：yungjiuh@ms45.hinet.net

| | |
|---|---|
| 姓名： | 性別：　□男　□女 |
| 出生日期：　年　月　日 | 電話： |
| 學歷： | 職業： |
| E-mail： | |
| 地址：□□□ | |
| 從何處購買此書： | 購買金額：　元 |
| 購買本書動機：□封面 □書名 □排版 □內容 □作者 □偶然衝動 | |
| 你對本書的意見：<br>內容：□滿意□尚可□待改進　編輯：□滿意□尚可□待改進<br>封面：□滿意□尚可□待改進　定價：□滿意□尚可□待改進 | |
| 其他建議： | |

剪下後傳真、掃描或寄回至「22103新北市汐止區大同路3段194號9樓之1雅典文化收」

**總經銷：永續圖書有限公司**

永續圖書線上購物網

www.foreverbooks.com.tw

---

您可以使用以下方式將回函寄回。

您的回覆，是我們進步的最大動力，謝謝。

① 使用本公司準備的免郵回函寄回。

② 傳真電話：（02）8647-3660

③ 掃描圖檔寄到電子信箱：

yungjiuh@ms45.hinet.net

沿此線對折後寄回，謝謝。

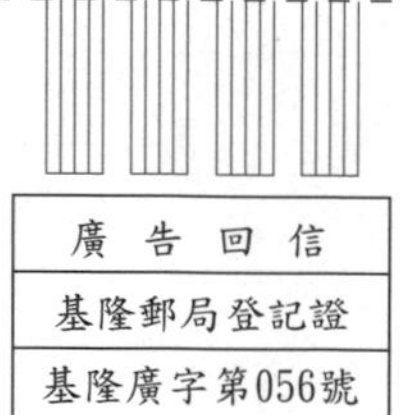

| 廣 告 回 信 |
| --- |
| 基隆郵局登記證 |
| 基隆廣字第056號 |

221-03

**雅典文化事業有限公司　收**

新北市汐止區大同路三段194號9樓之1

雅致風靡　典藏文化